COLLECTION FOLIO

Dashiell Hammett

Tulip

Traduction de l'américain
par Janine Hérisson et Henri Robillot

Préface et révision de la traduction
par Natalie Beunat

Gallimard

Ce texte est extrait du *Sac de Couffignal*, suivi d'*Âmes malhonnêtes* et de *Tulip* (Folio Policier n° 753).

Titre original :
TULIP

Lisez ou relisez les livres de Dashiell Hammett en Folio :

LE DIXIÈME INDICE (Folio n° 1802)

PAPIER TUE-MOUCHES (Folio Policier n° 251)

LE GRAND BRAQUAGE (Folio Policier n° 300)

SANG MAUDIT (Folio Policier n° 609)

MOISSON ROUGE (Folio Policier n° 631)

L'INTROUVABLE (Folio Policier n° 645)

LE FAUCON MALTAIS (Folio Policier n° 644)

LA CLÉ DE VERRE (Folio Policier n° 680)

LE SAC DE COUFFIGNAL / *THE GUTTING OF COUFFIGNAL* – ÂMES MALHONNÊTES / *CROOKED SOULS* (Folio Bilingue n° 190)

LE SAC DE COUFFIGNAL *suivi d'*ÂMES MALHONNÊTES *et de* TULIP (Folio Policier n° 753)

PRÉFACE

DASHIELL HAMMETT, UN ROMAN INACHEVÉ

Le 24 février 2016, fut projeté simultanément dans six cent cinquante cinémas américains un film noir mythique signé John Huston : *Le Faucon maltais*. On fêtait ainsi le soixante-quinzième anniversaire de ce chef-d'œuvre emblématique de tout un genre, qui avait permis à Humphrey Bogart de sortir enfin des seconds rôles de brute auxquels il était cantonné et de crever l'écran dans la peau de Sam Spade, le détective dur à cuire créé par Dashiell Hammett, auteur du roman éponyme.

Avec ce film, la carrière de « Bogey » est lancée, tout comme celle du réalisateur, un débutant d'à peine trente-cinq ans. *Who is this man ?* proclame en toutes lettres la bande-annonce avant de présenter le héros, un privé impitoyable en amour et inflexible dans sa manière bien à lui d'éradiquer le crime à San Francisco. Sam Spade est un nouveau type d'enquêteur, né dix ans plus tôt sous la plume de Dashiell Hammett. Terminés les jeux de déduction des fins limiers à l'ancienne. On entre de plain-pied dans un univers urbain, violent, où la corruption règne en maître. Déjà célèbre grâce à ses best-sellers publiés à la fin des années vingt, Hammett voit sa notoriété grandir grâce aux adaptations cinématographiques de ses romans (*Le Faucon maltais* avait déjà été adapté deux fois dans les années trente, mais c'est la version de John Huston qui deviendra culte), et, plus tard, à sa carrière de scénariste.

Pourtant rien ne destinait Samuel Dashiell Hammett, né en 1894 à la campagne, dans le Maryland, à côtoyer un jour le beau monde de Hollywood. Un incroyable enchaînement de circonstances décidera de son sort.

À l'instar de nombreux adolescents de l'Amérique pauvre, Hammett quitte l'école très tôt pour exercer une kyrielle de petits boulots. C'est en répondant par hasard à une annonce qu'il intègre la *Pinkerton National Detective Agency*, laquelle se chargera de former le jeune homme de vingt et un ans au rude métier de détective. Trois années s'écoulent pendant lesquelles Hammett travaille, seul ou en équipe, sur des affaires criminelles pour le compte de la plus importante agence du pays. Mais les États-Unis entrent en guerre et Hammett est enrôlé en juin 1918. L'effroyable épidémie de grippe espagnole s'en mêle, décime les camps de soldats, provoque des lésions respiratoires irréversibles chez les survivants. Hammett n'a pas le temps de partir combattre en Europe car la tuberculose le rattrape, et le voilà condamné à fréquenter plusieurs sanatoriums de l'armée. C'est dans l'un de ces lieux peu propices à la romance qu'il rencontre une infirmière, Jose, qui deviendra sa femme et la mère de ses deux filles.

Après sa démobilisation, physiquement affaibli, il comprend rapidement qu'il lui faut renoncer à sa vie d'homme d'action. La tuberculose, maladie invalidante et très contagieuse, le contraint tout bonnement à trouver un autre métier – sédentaire et solitaire. Nous sommes au début des années vingt. Les rédactions des *pulps*, ces magazines bon marché qui connaissent un essor spectaculaire, embauchent à tour de bras des auteurs payés au mot. Le jeune père de famille n'a pas besoin d'aller chercher bien loin la matière de ses histoires : un détective qui n'hésite pas à jouer des poings lorsque les choses tournent mal ; des intrigues qui se déroulent dans les bas-fonds des villes où a prospéré le crime organisé ; des flics et des édiles corrompus qui profitent de la prohibition. Il réussit mieux que personne à créer des personnages crédibles et attachants. Hammett habite alors à San Francisco qui devient, à quelques exceptions près, le décor de la soixantaine de nouvelles écrites pour les *pulps*, principalement pour *Black Mask*.

C'est dans ce contexte particulier qu'il pose, presque à son insu, les bases d'un nouveau type de fiction policière. L'action y prime sur la psychologie, des dialogues incisifs prédominent, ses protagonistes parlent la langue de l'Américain moyen. C'est l'époque du jazz, des bars clandestins et de l'euphorie d'après-guerre. Les aventures qu'il dépeint sont en phase avec son temps et ciblent parfaitement le lecteur urbain. Mieux, Hammett invente un style sec, dégraissé, avec une narration objective que l'on compare à l'œil d'une caméra. Pas étonnant qu'il attire l'attention d'un grand éditeur – Knopf – qui publie ses cinq romans parus précédemment en plusieurs épisodes dans *Black Mask*, dont *Moisson rouge* et *La Clé de verre*, qui sont, avec *Le Faucon maltais*, les trois merveilles qui fondent le roman noir américain, courant majeur sans lequel le roman d'espionnage, le thriller et la plupart des polars contemporains n'auraient pas vu le jour.

En 1927, un événement considérable accélère la dynamique engagée. Le premier film parlant ouvre des perspectives de développement à une industrie balbutiante qui voit là une manne extraordinaire. Hammett, comme beaucoup de ses collègues issus des *pulps*, est recruté par les studios. Qui, hormis ces auteurs à l'écriture quasi scénarisée, aurait pu alimenter avec autant d'efficacité l'usine à rêves ? Hammett est le meilleur d'entre eux et le plus courtisé. Il recentre son énergie sur les scénarios, gagne beaucoup d'argent. Il est au sommet de sa gloire. Son cinquième roman (*L'Introuvable*) paraît en 1934 et, étrangement, c'est à ce moment précis qu'il cesse de publier.

Beaucoup d'hypothèses ont été avancées pour analyser cette panne d'écriture. La maladie et son alcoolisme effréné constituent une explication plausible. L'engagement politique aux côtés du parti communiste américain, son militantisme constant pour la cause des Droits Civiques, son soutien aux Républicains espagnols, tout cela est recevable, simplement parce que c'est vrai. Hammett consacre énormément de temps à la politique à partir de cette époque. Enfin, sa rencontre avec Lillian Hellman un soir de novembre 1930 a suscité bien des allégations. Lorsqu'il croise la route de celle qui sera sa compagne pendant trente ans – trente ans de vie en commun à défaut de trente ans de vie commune... –, Lillian n'a que vingt-cinq ans, et lui, dix de plus. Elle est ambitieuse, et surtout éblouie par cet homme grand et beau aux allures de dandy. D'aucuns n'ont pas manqué de propager la théorie selon laquelle Hellman serait responsable de l'arrêt de sa carrière d'écrivain, puisque la date de cette rencontre coïncide peu ou prou avec celle où il abandonne son travail de romancier. Cette explication bien qu'un peu simpliste n'est pas totalement dénuée de fondements. De leur histoire d'amour naquit très vite un arrangement. Dans son ouvrage de plus de six cents pages, la journaliste Joan Mellen utilise le terme de « pacte faustien » pour qualifier leur relation[1]. Hammett l'aiderait dans l'écriture de ses pièces de théâtre et Hellman s'occuperait de lui.

1. *Hellman and Hammett : The Legendary Passion of Lillian Hellman and Dashiell Hammett* (New York, HarperCollins, 1996) – non traduit en français.

Et c'est ce qui s'est passé. La correspondance de l'écrivain parue en 2002[1] prouve également que l'investissement de Hammett ne se limita pas à quelques conseils, mais qu'il écrivit *vraiment* pour elle. Lorsqu'il est miné par la maladie et ruiné, elle remplit aussi sa part du contrat jusqu'au bout. Un peu trop même, puisqu'elle se débrouille pour devenir son exécutrice testamentaire, spoliant la famille. L'attitude de Hellman après la mort de son compagnon en janvier 1961 ne plaide pas en sa faveur. Elle exerce un jaloux droit de regard sur les projets de biographie, allant jusqu'à refuser l'accès aux archives pour les biographes « non autorisés ». Certains jetèrent l'éponge, d'autres réussirent malgré tout, comme Richard Layman qui publia en 1981 la biographie sans doute la plus aboutie[2]. Hellman veille par ailleurs à entretenir la légende d'un sublime amour de trente ans. Joan Mellen a mis en évidence sa mythomanie, citant par exemple de faux documents que produit la dramaturge pour se dédouaner de son attitude pendant la chasse aux sorcières. Elle n'assiste pas au procès de Hammett, ne paie pas sa caution et fuit en Europe, car elle craint que l'acharnement

1. Publiée aux Éditions Allia, en 2002, sous le titre *La mort c'est pour les poires* ; reprise en édition poche en 2016 sous le titre *Un type bien* (Points).

2. Cette biographie – *Dash : la vie de Dashiell Hammett* – publiée en 1981 chez Fayard, et épuisée, est reparue en 2011 dans une édition revue et augmentée par l'auteur sous le titre : *L'Insaisissable, la vie de Dashiell Hammett* (Éditions Pierre-Guillaume de Roux).

des juges sur son compagnon ne nuise à sa carrière. Hellman réécrit l'histoire à l'envi.

La singularité de *Tulip*, le roman inachevé présenté ici, tient à la fois de cette tragédie inexplicable qu'est l'arrêt de l'écriture et du désir profond de Hammett d'un retour en force en littérature. Dans ses lettres, il évoque régulièrement un énigmatique roman sur lequel il travaillerait. Il ne peut pas s'agir de *Tulip* à cause des références faites à la Seconde Guerre mondiale, et à son incarcération en 1951 quand il refuse de dénoncer ses camarades devant les tribunaux maccarthystes. Alors de quel texte s'agit-il ? Nul ne le sait, et *Tulip* est le seul que l'on ait retrouvé. C'est le sixième roman. Dans une lettre datée du 26 août 1938 à sa fille aînée, Mary, il précise que « le roman n'avance pas trop mal », qu'il a déjà un titre (*Toward Z*), mais reste évasif : « Ne me demande pas de quoi ça parle – de la vie, des gens peut-être. » Revenir à l'écriture, Hammett l'envisage-t-il réellement ? Selon la femme de son entourage à laquelle il s'adresse par courrier – ses deux filles, Hellman ou ses différentes maîtresses –, il donne un titre différent au fameux livre en cours, sans que l'on sache vraiment s'il s'agit du même manuscrit ou de projets différents. Tantôt il s'intitule *Les Moutons de la vallée* sont plus gras, tantôt *La mort c'est pour les poires*.

La première allusion explicite à *Tulip* date de 1953, dans une lettre du 14 juin à sa fille cadette,

Jo : « Le roman – *Tulip* – est resté en l'état depuis maintenant un long moment, même si je pense qu'il suffirait de deux mois de travail tout au plus pour le boucler. » Il poursuit et exprime déjà des doutes quant à son achèvement : « Le fait que je ne travaille pas dessus relève en partie d'une sorte de trac, je pense – mettre la touche finale à un livre peut susciter comme qui dirait un certain effroi, parce que, alors ça y est [...]. » Il mentionnera *Tulip* à nouveau un mois plus tard, toujours à Jo, mais juste pour lui dire qu'il le reprend, « après de longues vacances loin de lui ».

Il est certain que Hammett a toujours refusé d'être cantonné à son seul statut d'auteur de romans policiers et qu'il nourrit de réelles ambitions littéraires. Il souhaite briser le carcan qui le tient éloigné du roman moderne incarné par Francis Scott Fitzgerald ou Ernest Hemingway, ses contemporains avec qui il aime se saouler dans les soirées mondaines. Certaines de ses nouvelles littéraires paraissent d'ailleurs de son vivant dans des revues chics telles que *Collier's* ou *Harper's Bazaar*, mais pas toutes, tant s'en faut. Le récent recueil *Le chasseur et autres histoires*[1], qui regroupe ses textes « non policiers », permet *enfin* de jeter un regard différent sur celui que l'on continue à définir exclusivement comme le père fondateur du roman noir américain, selon

1. Paru en 2016 dans la collection « Du monde entier », aux Éditions Gallimard.

l'expression consacrée. Dans la préface à cette anthologie, Richard Layman précise qu'après la mort de Hammett, Hellman cherche à faire revivre sa renommée littéraire, mais uniquement comme écrivain de romans policiers. Pour preuve, elle avait annoté et préparé la copie de certaines de ces nouvelles, puis renonça à leur publication, se concentrant sur les fictions policières au motif que le marché était florissant. Le seul qui échappe à la règle est donc *Tulip* qu'elle fait paraître en 1966 à la fin d'un recueil de nouvelles, *The Big Knockover*. « L'interventionnisme » de Hellman, relevé par Joan Mellen, Richard Layman et bien d'autres, semble pouvoir expliquer la note d'autorité qu'elle insère à la fin du texte, juste avant ce qu'elle considère comme le paragraphe de conclusion du roman.

La petite-fille de l'écrivain, Julie M. Rivett, qui a rédigé la postface du *Chasseur et autres histoires*, a relevé la multitude d'indices autobiographiques présents dans toutes les nouvelles du recueil. C'est aussi ce qui frappe d'emblée dans *Tulip*. Pop, le narrateur, est une espèce de double de Hammett. Il est intéressant de remarquer qu'il signe pour la première fois « Pop » au lieu de « Papa » à la fin de la lettre du 29 août 1948 adressée à Jo, et continue à le faire très souvent par la suite. Pop évoque la guerre, ses souvenirs dans les Aléoutiennes (où Hammett fut mobilisé de 1943 à 1945), son alcoolisme, ses débuts de nouvelliste à San Francisco. Son vieil ami et interlocuteur, Tulip, le tance sur sa réticence à discuter de « son boulot d'écrivain » et le questionne à plusieurs reprises sur son expérience de la prison.

Non content de jalonner l'histoire de références incontestables à sa propre vie, Hammett ne se prive pas d'y aborder frontalement son rapport à l'écriture. Si l'on voulait résumer *Tulip*, cela tiendrait en une phrase : c'est l'histoire d'un écrivain qui a cessé d'écrire, sauf qu'il écrit justement un roman sur le sujet.

Alors, existe-t-il un mystère Hammett ? Pas si certain. Dans une lettre à son amie Prudence Whitfield du 27 février 1945, alors qu'il est dans les Aléoutiennes, cet archipel de l'Alaska où le gouvernement envoie les soldats qu'il soupçonne d'être communistes, il lui confie, non sans humour : « [...] si je reste ici à me morfondre, je finirai bien par trouver du temps pour au moins commencer l'écriture d'un livre. Ce serait une véritable révélation. Je n'ai pas écrit de livre depuis 1933. » Douze ans plus tard, lors d'une interview accordée à un reporter du *Washington Daily News*, Hammett, alors âgé de soixante-trois ans, déclare avoir cessé d'écrire le jour où il avait découvert qu'il se répétait. Et d'ajouter : « C'est le début de la fin quand vous découvrez que vous avez du style. »

Par sa forme narrative dépouillée à l'extrême, par la puissance de son propos contestataire, par le regard porté sur le monde, l'œuvre de Hammett a non seulement révolutionné le récit policier, mais elle a, je crois, durablement bousculé les lettres américaines.

Tulip témoigne des aspirations de son auteur à un retour à l'écriture, et, d'une certaine façon, *il ne cessa jamais d'écrire* – sa volumineuse correspondance et son investissement dans les pièces et les scénarios de Hellman le prouvent.

Dans le même temps, *Tulip*, roman inachevé, atteste de son sentiment qu'il avait peut-être tout dit. Tout écrit ? Le roman ne s'interrompt-il pas sur cette phrase : « Si tu es fatigué, il faudrait te reposer, et ne pas essayer de leurrer tes lecteurs ni toi, par la même occasion, avec des bulles de couleur » ? C'est au cœur de ce paradoxe que réside tout l'intérêt de ce très beau texte, mélancolique, poétique, émouvant, et, à bien des égards, *définitif*.

Natalie BEUNAT

TULIP

J'étais assis dans un renfoncement laissé par un épicéa bleu qu'avait déraciné un coup de vent deux ans plus tôt, et j'observais un renard roux tapi sous un mûrier terne. L'animal hésitait à se décider sur l'odeur de mouffette transportée par la brise jusqu'à la clairière où, la seconde d'avant, s'élevaient des couinements de mulot. Le renard tourna la tête pour lorgner du côté par lequel il était arrivé et disparut soudain en se faufilant avec agilité à la manière de ses semblables, avec cette précision qui confère à leur allure une sorte de vivacité tranquille. Je croyais les chiens sortis ; les chiens font énormément de bruit dans les bois et, à l'époque, je me figurais que les renards arboraient vis-à-vis des chiens et des hommes la même lassitude méprisante, mais pour l'heure, ce fut le pas d'un homme que j'entendis.

Tulip écarta des ronces à trois mètres et quelques de l'endroit où s'était tenu le renard, puis pénétra dans la clairière.

« Salut, Pop », dit-il en me voyant, le visage

éclairé d'un grand sourire, et, comme il s'approchait, il ajouta : « T'es toujours aussi maigre, mais ils n'auront jamais ta peau, hein ?

— Comment as-tu su où me trouver ? »

Il pointa en arrière son énorme pouce pour désigner la maison.

« On m'a dit là-bas que tu serais peut-être ici, mais, si tu te planques, ça me gêne pas de sautiller partout et de jouer à cache-cache. (Il fixa le fusil que je tenais à la main.) Qu'est-ce que tu veux faire de ça ? La chasse est fermée.

— Il y a encore des corbeaux. »

Il haussa ses épaules massives :

« C'est plutôt con de tirer sur des trucs qu'on n'a pas envie de manger. Comment c'était en taule ?

— C'est à moi que tu demandes ça ? »

Il sourit :

« J'ai jamais fréquenté les prisons fédérales, seulement les prisons d'État. À quoi ça ressemble, les taules fédérales ?

— La crème de la crème, je suppose, mais quel que soit le lieu où t'es, t'es toujours au trou.

— Tu parles ! Je t'ai jamais raconté, cette fois où…

— Arrête un peu, bon sang ! »

Je tendis la main pour replier le tabouret dont je venais de me servir.

« Bon, bon, dit-il avec bonhomie. Tu me feras penser plus tard de te causer de cette histoire. Où t'as dégotté ce machin ? »

Il baissa les yeux sur le tabouret de chasseur, un pliant métallique en toile vert foncé avec, en dessous, des poches à fermeture Éclair.

« Chez Gokey.

— Qu'est-ce que c'est que ce truc vert et brun sur les côtés ?

— Du scotch enroulé autour du métal pour empêcher qu'il brille dans les bois. »

Il opina du chef.

« Tu te débrouilles bien, toi, mais, à mon avis, un homme de ton âge ne devrait pas rester accroupi comme ça par terre.

— Toi aussi, tu as dépassé la cinquantaine, fis-je observer.

— T'es bien plus vieux que moi.

— Tu plaisantes ? Je vais avoir cinquante-huit ans.

— C'est bien ce que je voulais dire, Pop ! Il faut que tu prennes un peu soin de toi. »

Il resta debout au bord du renfoncement, tandis que j'allais chercher à une dizaine de mètres derrière moi un gros bocal que j'avais coincé dans la fourche d'un jeune érable. Il me demanda : « Et qu'est-ce que c'est que ça ? » alors que je revenais en revissant le bouchon.

« Des vieux chiffons trempés dans de l'extrait de mouffette, expliquai-je. Ça attire les chevreuils assez près, peut-être simplement parce que ça tue l'odeur de l'homme. Je l'ai testé avec un renard.

— Ce que tu peux être gamin, parfois », dit-il en m'emboîtant le pas à travers la clairière.

Il me suivit le long du sentier du sous-bois, puis sur le chemin qui coupait le jardin de rocaille jusqu'à la maison. Je remis le bocal à sa place entre deux pierres avec une troisième par-dessus, déchargeai mon fusil, et nous gravîmes les marches de la véranda. Deux valises abîmées en cuir et un sac marin vert sapin étaient posés près de la porte.

« C'est pour quoi tout ça ? demandai-je. Moi-même je ne suis qu'en visite ici.

— Qu'est-ce que ce genre d'amis si l'un des tiens n'est pas l'un des leurs ? De toute manière, je ne resterai pas plus de deux jours. Tu sais qu'au-delà de ça, je ne peux pas te supporter.

— Pas question. J'essaie de commencer un livre.

— C'est de ça que je voulais te causer. (Il plaqua sa large main sur mon dos et me poussa vers la porte.) Je pourrais aussi bien te parler ici dehors, mais il faut que tu sois assis, et que tu prennes un verre. »

Je le fis entrer à l'intérieur de la maison, déposai le fusil et le tabouret pliant dans un coin du vestibule et lui servis à boire. Comme il me fixait d'un air interrogateur, je déclarai :

« Je n'ai plus bu une goutte depuis trois ans. »

Il mélangea le whisky et l'eau gazeuse en agitant le poignet de façon circulaire, comme font ces gens qui se plaisent à entendre tinter leurs glaçons.

« Ça vaut peut-être mieux comme ça, dit-il. Il me semble que tu ne tenais pas l'alcool si bien que ça. »

Je me mis à rire et lui désignai un fauteuil rouge foncé. Nous nous trouvions dans le salon, une grande pièce dans les tons marron, rouge, vert et blanc avec une jolie reproduction d'un Vuillard au-dessus de la télévision.

« Ce n'est pas ce genre de choses qui tracasse les ex-pochards. C'est qu'on leur dise qu'après tout, ils ne picolaient pas tant que ça.

— Enfin, entre nous, tu…

— La ferme ! Assieds-toi que je t'explique pourquoi tu vas rentrer en ville après le dîner. J'ai commencé un bouquin et…

— Ce n'est pas ce que tu m'as dit, répliqua-t-il.

— Hein ?

— Tu m'as dit que tu essayais d'en commencer un. Et c'est de ça que je voulais te parler. C'est idiot de ta part… ça a toujours été complètement idiot de ta part, Pop, de ne pas voir que…

— Écoute-moi, Tulip… si tu prétends toujours que c'est ton véritable nom. Je n'ai pas l'intention d'écrire une ligne sur toi si je peux l'éviter. Tu es un type ennuyeux et sot qui passe son temps à faire des choses ennuyeuses et sottes, et qui s'imagine qu'un jour quelqu'un aura envie de les coucher noir sur blanc. Tout ce que quelqu'un ferait pour des raisons pareilles serait ennuyeux et sot. Au nom du Ciel, où as-tu été pêcher cette idée que les écrivains sont en quête de sujets à traiter ? La difficulté consiste à organiser les éléments, pas à les obtenir. La plupart des auteurs que je connais ont dix fois trop de sujets à disposition, ils sont submergés d'idées dont ils n'arrivent jamais à se dépêtrer.

— Des mots, tout ça. Si tu as tellement d'histoires à raconter, comment ça se fait que tu n'as pas écrit depuis un bail ?

— Comment sais-tu si j'ai écrit beaucoup ou pas ?

— Ça peut pas être beaucoup. Les magazines étaient infects avec toi. Tout ce que je vois maintenant, c'est des rééditions de tes premiers bouquins, et encore, de moins en moins.

— Je ne vis pas seulement pour écrire. Je…

— Tu changes de sujet, coupa-t-il. On discute de ton boulot d'écrivain. Je me fous que tu joues des tours à des petits animaux dans la forêt ou que tu passes pour un héros en allant en taule, mais… Dis donc, Pop, t'as quand même pas été à l'ombre uniquement pour l'expérience, hein ? Parce que j'aurais pu t'économiser une sacrée perte de temps et t'éviter des ennuis en t'expliquant tout ce que tu avais besoin de savoir.

— Je veux bien te croire », répondis-je.

Il haussa les épaules, but, essuya ses lèvres d'un index épais et déclara :

« C'est comme un tas d'autres choses que tu racontes, ça ne tient pas debout. Tu causes, et c'est tout. Vous autres, écrivains, vous avez plus de mots que… (Il jeta un coup d'œil circulaire à la pièce et parut satisfait de son examen.) C'est pas mal fichu ici. À qui ça appartient ?

— À des gens qui s'appellent Irongate.

— Des amis à toi ?

— Non, je n'avais jamais entendu parler d'eux.

— Tiens, ça c'est marrant, dit-il. Ils sont là ?

— Sauf erreur, ils se trouvent encore en Floride.

— Alors c'est encore plus bête quand tu me dis que je ne peux pas rester ici un ou deux jours. À quoi ils ressemblent ?

— À des gens…

— T'es peut-être un écrivain intéressant, mais on s'en douterait pas à t'entendre causer. C'est quel genre de personnes ? Des jeunes ? Des vieux ? Des gauchers ?

— Paulie doit avoir une trentaine d'années. Gus est un peu plus âgé.

— Ils sont que tous les deux ? Pas d'enfants ?

— Pourquoi tu ne notes pas toutes ces réponses sur un papier, qu'on ne soit pas obligés de reprendre de A à Z quand l'agent de recensement s'amènera ? Trois enfants qui s'échelonnent de seize à douze environ. »

Ses yeux gris brillèrent.

« Seize ans, hein ? Et elle n'a que trente ans ? Un mariage par nécessité ?

— Comment veux-tu que je le sache ? Je ne les connais que depuis que j'ai quitté l'armée.

— Tu parles d'une armée ! (Il se leva, brandissant son verre vide.) Bouge pas. Je vais me servir tout seul. T'as oublié le peu que tu savais sur l'art de remplir les verres depuis que tu t'es mis au régime sec. On s'en est cogné une foutue guerre dans les Aléoutiennes, pas vrai ? Voyons un peu, est-ce que t'as été démobilisé avant moi ?

— Je suis revenu en septembre 45.

— Alors ça fait presque sept ans que je ne t'ai pas vu. »

Il revint s'asseoir dans le fauteuil rouge, le verre à la main.

« Il y a plus longtemps que ça. La dernière fois que je t'ai croisé, c'était sur l'île de Kiska et je n'y ai pas remis les pieds depuis 44.

— 44 ? 45 ? Qu'est-ce que ça peut foutre ? Tu te prends pour un historien à la gomme qui étudie le passé avec un calendrier ? Parle-moi encore de ces Irongate. Ils sont riches ?

— Oh ! Ça ne te plaît pas qu'on te remette en mémoire Kiska ? Oui, je pense qu'ils ont de l'argent, mais je ne sais pas jusqu'à quel point.

— Qu'est-ce qu'il fait, lui ?

— Il peint des tableaux mais il n'en vit pas. Je crois que son vieux lui a laissé du fric.

— Un chouette gars, son vieux, dis donc.

— Mais, de toute façon, hors de question que tu leur mijotes un de tes coups. »

Il me dévisagea. Sous ses cheveux blond-roux coupés en brosse, son visage aux traits épais affichait une expression de vertueux étonnement.

« Quel coup ?

— Aucun. Rien, Tulip.

— Ah ! Ben, alors, là tu me la coupes, dit-il. Tu vois, c'est ça la vacherie du système pénitentiaire. Ça te colle un bonhomme en contact avec les voyous de la pire espèce et, soudain, le v'là qui voit le mal et les magouilles partout. Non pas que t'aies jamais eu tendance à voir le bon côté de l'être humain, mais…

— En plus, il y a fort à parier que le F.B.I. m'a toujours à l'œil et…

— Là, c'est différent. Pourquoi tu ne me l'as pas dit ?

— Je ne voulais pas te flanquer la trouille.

— La trouille, moi ? Ça me ferait mal ! Si tu veux savoir, je n'ai pas à me plaindre en ce moment, je transpire dans la soie comme on dit, sauf que ce n'est pas tout à fait ça non plus.

— Où t'as ramassé ton oseille ?

— Tu te souviens de ce commandant complètement cintré qui voulait qu'on s'installe dans les Aléoutiennes après la guerre pour faire de l'élevage de bétail ? Il prétendait qu'on pourrait s'arranger avec Maury Maverick pour louer une des îles au rabais.

— Nom d'un chien ! Tu n'as pas marché ? Avec les coûts de transport, le…

— Non, j'y ai juste pensé. Comment il s'appelait, ce commandant ?

— Tu as juste pensé à esquiver ma question sur l'origine du fric dont tu prétends avoir les poches pleines.

— Oh… ça ! Je l'ai amassé dans le secteur Oklahoma-Texas.

— Une veuve de producteur de pétrole ? »

Il se mit à rire :

« T'es un sacré numéro, Pop.

— L'expérience de la taule. Il y avait des types dans West Street qui attendaient de passer en jugement pour ça l'été dernier. »

Tulip parut surpris.

« Mince ! Comment un gars peut enfreindre la loi en soutirant du pognon à une bonne femme ?

— Il doit y avoir des moyens. »

Je me rendis à la cuisine où Donald épluchait des légumes devant l'évier. Linda, sa femme, baissa le volume de la radio où passait une chanson intitulée *Cry*.

« M. Tulip, ou Colonel Tulip, s'il se fait encore appeler comme ça – il était lieutenant-colonel dans l'armée – restera cette nuit, et peut-être bien un jour ou deux. Pourriez-vous vous occuper de lui ?

— Je l'installe dans la chambre à côté de la vôtre ? proposa Donald. Ou dans la chambre jaune au bout du couloir ?

— Donnez-lui la chambre jaune. Merci. »

Tulip se leva lorsque je revins dans le salon et m'annonça :

« Tu sais, j'ai réfléchi, Pop. Faudrait que j'appelle une fille que je connais à Everest ; elle a une sœur plutôt mignonne, alors pourquoi je leur proposerais pas…

— Oh ! Mais bien sûr, et tu dois avoir aussi des relations dans le coin. Je peux dénicher quelques noms et, entre nous, ce serait bien le diable si on ne réunit pas rapidement vingt ou trente personnes.

— C'était simplement une idée en passant, dit-il en se dirigeant vers la table d'angle où il se versa un autre verre. D'ailleurs, j'aimerais mieux te parler de tes écrits. C'est pour ça que je suis venu.

— Non. Tu es venu ici pour me parler de toi.

— Ben, ça revient au même, dans un sens. (Il regagna son fauteuil, se rassit, croisa les jambes et me regarda de haut en bas.) Pop, tu veux que je te dise pourquoi tu te mets toujours à faire la gueule dès qu'on parle de ce que tu écris ?

— Non, merci, répondis-je avec sincérité. Allons droit au but. Qu'est-ce que tu as pu fabriquer qui te paraisse aujourd'hui aussi fascinant ?

— Ce n'est pas ça du tout. (Il y avait une légère trace de gêne dans sa voix rauque.) Des fois, j'ai l'impression que tu ne m'as jamais compris. T'es jamais tombé sur Lee Branch à Shemya ?

— Pas que je me souvienne. Pourquoi ?

— Il était dans l'aviation, dans la Douzième. Aucune raison. Je réfléchissais, c'est tout. C'était un brave type. J'ai été le voir après être sorti. »

Tulip me narra sa visite, mais il octroya à Branch une sœur appelée Paulie (j'avais fait allusion à Paulie Irongate). Sa description de leur maison correspondait un peu à celle des Irongate, bien qu'il la situât dans un autre État ; et il y avait des fusils de chasse dans son récit comme celui que je tenais à la main quand il m'avait trouvé dans la clairière où j'observais le renard.

Tulip était en général prolixe, surtout quand il

jugeait nécessaire de remonter à la source d'une de ses histoires, mais le fond de son récit, non dans son langage et sans aucune des réflexions qui lui vinrent prétendument à l'époque, c'était que Lee Branch avait dit « le drapeau donne le signal » puis il avait légèrement baissé la tête pour scruter par-dessous sa casquette brun foncé à travers les tiges des roseaux.

Cinq canards étaient apparus, silhouettes noires se découpant sur le ciel gris perle de novembre, dévoilant le blanc de leurs ailes quand ils volèrent au-dessus des leurres de chasse et tournèrent dans le vent.

« Allez, tire, petit », dit Tulip.

Le Fox calibre 20 était une arme délicate dans ses grosses mains. Il fit feu sans se lever de l'endroit où il était assis sous le saule pleureur, d'abord le coup gauche, puis le droit tandis que le canard de tête flottait, un instant inerte, à la base de la ligne de vol formant soudain un angle. Les deux oiseaux touchèrent l'eau en même temps. L'un était mort. L'autre décrivit en nageant les trois quarts d'un cercle de petit diamètre et mourut à son tour.

Lee Branch, debout, fit pivoter son fusil de plus gros calibre vers la droite, tira, bascula encore son arme et tira de nouveau. Deux oiseaux tombèrent. L'un d'eux avait perdu beaucoup de plumes. Lee sourit à Tulip qui rechargeait.

« Je crois qu'on est en forme aujourd'hui, hein, Swede ? »

Tulip considéra avec satisfaction les canards

morts sur les herbes sèches à côté de lui et les quatre autres sur le lac.

Il émit un grognement approbateur et attrapa des cigarettes dans sa poche.

« Le premier, dis donc, tu l'as mis en bouillie.

— J'aurais dû attendre un peu plus. J'aime bien qu'un fusil me saute dans la main. Je crois que je vais m'acheter un calibre 10. (Lee rechargea son fusil belge et le reposa doucement.) À qui le tour de rapporter ? »

Tulip pointa son pouce vers Lee et s'allongea sur les herbes. Lee Branch avait vingt-huit ans, des cheveux bruns et raides avec une raie au milieu dissimulés sous une casquette brun foncé, et des yeux sombres pétillants. Il n'était pas petit, mais, se frayant un chemin parmi les ronces vers l'autre côté de l'îlot où ils avaient caché leur bateau, malgré sa tenue en cuir de cheval, son allure soignée le faisait paraître encore moins grand qu'il n'était.

Quand il revint avec les oiseaux, Tulip fumait, les yeux fermés, étendu sur le dos.

« L'un des tiens est un canard branchu. »

Il le brandit.

« Je sais. (Tulip ouvrit un œil en clignant des paupières à travers la fumée.) Ils seraient trop jolis pour qu'on les tue si on n'avait pas toujours si faim. (Il expédia sa cigarette dans l'eau pardessus les roseaux et s'étira, les bras en croix.) Tu te foutais pas du monde, mon p'tit. C'était bien comme tu disais. »

Lee fit mine de répondre puis s'accroupit sur ses talons, ses yeux sombres brillaient.

« Comment ça, *c'était* ? répliqua-t-il. C'est. (Une pause.) Ce sera. »

Il paraissait très jeune.

Tulip referma les yeux.

« Je ne sais pas trop, mon gars. Depuis combien de temps je suis ici ?

— Huit, dix jours. J'sais pas. Quelle importance ? Quand on se disait que tu viendrais ici, après la guerre, on ne… »

Tulip s'agita et fronça les sourcils, mais sans ouvrir les yeux.

« Ça va, ça va, mais tu ne penses pas que tout un chacun devrait réaliser tous ces projets d'après-guerre qu'on s'imaginait à l'armée ?

— Non, bien sûr, mais pour ici, c'est… c'est *différent*, pas vrai, Swede ?

— C'est quelque chose à part.

— Ben, alors ?

— Personne ne connaît toutes les réponses.

— Je n'essaie pas de t'obliger à quoi que ce soit, mais… Écoute, Swede, ce n'est pas parce que c'est la maison de Paulie, hein ?

— Non.

— Elle t'aime bien, tu comprends, et elle serait contente que tu restes.

— Ça me fait plaisir qu'elle m'aime bien, dit Tulip, parce que, moi, je l'ai vraiment à la bonne.

— Et ce n'est pas ça ?

— Non. »

Lee tordit sans doute une tige du saule et la fendit avec l'ongle du pouce.

« Un vieux type comme toi ne devrait pas rester à traîner comme ça sans raison.

— Je sais. J'aime traîner ; seulement un endroit me rappelle toujours quelque chose qui se trouve ailleurs. »

Il ouvrit les yeux, s'assit et posa le Fox en travers de ses cuisses.

« Tu ne te sers pas de ce petit fusil. Est-ce que tu le vendrais ?

— Je t'en ferais bien cadeau, mais il est à Paulie. Demande-le-lui. »

Tulip secoua la tête :

« Elle est cinglée comme son frère. Elle me le donnerait.

— Tu te prends pour qui ? Le dernier des Confédérés qui n'accepte pas de cadeaux des femmes ?

— M'est avis que t'as pas connu beaucoup de Confédérés, m'sieur. Paulie était très amoureuse de son mari ? »

Lee fixa Tulip qui contemplait les leurres de chasse à l'extrémité du lac.

« Je ne sais pas trop. C'était un brave type. Tu ne l'as jamais rencontré, hein ?

— Il s'est fait zigouiller avant que je quitte l'armée. Ils parlaient encore de lui.

— Ils l'aimaient bien. (Lee jeta la tige de saule éclatée.) Pourquoi tu me demandes ça à propos de Paulie ?

— Je suis du genre fouineur, c'est tout.

— Je n'aurais pas dans l'idée de te le reprocher. Bon sang, il faut s'en donner, du mal, pour parler aux gens. »

Tulip haussa ses épaules massives.

« Tu peux me parler de n'importe quoi, seulement, y a des sujets que t'aurais dû éviter.

— Tu veux dire à propos de Paulie et toi ? »

Tulip tourna la tête et considéra le jeune homme avec attention.

« Ah ! Le frère cadet typique. »

Lee rougit, se mit à rire, et dit :

« Va te faire foutre. (Puis, après une brève pause, il ajouta :) Mais c'est ça que tu voulais dire, non ? »

Tulip secoua la tête.

« Je ne crois pas qu'il y ait beaucoup à dire là-dessus. »

Paulie Horris, surgissant à côté d'un grand tulipier à l'autre bout du lac, mit ses mains en portevoix.

« Hé ! Les assassins ! cria-t-elle. Le soleil est couché. Vous êtes en infraction depuis dix minutes. »

Ils se levèrent pour lui faire signe, ramassèrent leurs fusils et les canards morts et revinrent à travers les ronces vers le bateau. Tulip, debout à l'arrière de l'embarcation, dirigeait celle-ci avec une perche en direction des leurres. À deux reprises, Lee Branch sembla sur le point de dire quelque chose, mais il resta silencieux jusqu'au moment où il se pencha par-dessus bord pour ramasser un colvert artificiel.

« T'es pas simplement un peu cloche, des fois ? » dit-il.

Tulip se pencha pour repêcher deux leurres le long de la coque qui glissait avec lenteur.

« Arrête de marmonner. »

Lee se redressa et déclara d'une voix claire :

« Avec son mari, héros de la guerre et ce qui s'ensuit, tu ne te laisses pas impressionner par tout ça, hein ? »

Tulip répliqua :

« Tss-tss, et moi qui croyais avoir tout entendu ! »

Le visage de Lee s'empourpra de nouveau. Il se mit à rire et reprit : « Ça n'a jamais servi à rien de te parler », et ils ramassèrent le reste des leurres.

Tandis que Tulip dirigeait le bateau vers la cabine de bain, Paulie Horris, revenant du bout du lac, contourna un buisson de sumac et descendit jusqu'à l'appontement en pierre à leur rencontre. C'était une femme de trente ans, grande, avec des cheveux et des yeux noirs, vêtue d'une jupe grise en laine sous un manteau trois quarts, en cuir jaunâtre.

« Vous êtes rudement charmante, madame Horris », lui lança Tulip.

Elle fit une révérence.

« Merci beaucoup, monsieur. »

Lee alla ranger les leurres dans la cabine, tandis que Tulip amarrait le bateau pour lui éviter de cogner l'appontement au cas où le vent se lèverait. Puis, chacun portant son lot de canards, la jeune femme entre eux deux, ils remontèrent de front vers la maison.

Après avoir franchi une centaine de mètres, Lee Branch annonça à sa sœur :

« Swede s'en va. »

Au ton qu'il avait pris, elle lui jeta un regard perçant et répliqua :

« Et alors ?

— Je dois être idiot, dit Lee, mais je pensais que nous… Enfin quoi, il parle de s'en aller. »

Tout en marchant, d'un coup de pied il éparpilla un petit monticule de graviers.

Elle s'immobilisa et les deux hommes s'arrêtèrent avec elle.

Elle se tourna vers Tulip avec le visage soudain très pâle.

« Est-ce que… », commença-t-elle, puis elle hésita. « Est-ce qu'il a essayé de t'acheter avec moi ? »

Tulip répondit :

« C'est un peu bête de voir les choses sous cet angle, Paulie. »

Elle baissa les yeux vers le sol et, d'une voix très basse, marmonna :

« Oui, peut-être bien. »

Et elle se remit en marche au même rythme qu'avant.

Ils regagnèrent la maison et, après avoir déposé les canards qui lui revenaient à la cuisine, Tulip monta dans sa chambre et commença une lettre pour une fille d'Atlanta :

Chère Judy,

Tu seras sans doute étonnée de recevoir de mes nouvelles après tant d'années, mais pour certaines raisons, j'ai beaucoup pensé à toi ces huit ou dix derniers jours et, de toute façon, comme je dois descendre à Atlanta sous peu, j'ai pensé…

Pendant que Tulip me relatait sa version de cette histoire, Donald était entré dans le salon pour nous annoncer que le dîner était prêt. Nous avions gagné la salle à manger et Tulip avait parlé durant presque tout le repas pour finir son récit au moment où nous attaquions le dessert, des tartelettes aux noix. Il n'était jamais allé à Atlanta, naturellement, bien que, spécifia-t-il, il en ait eu l'intention. Sur le chemin, il s'était arrêté à Washington où il s'était laissé embringuer durant une période prolongée dans une affaire d'association d'anciens combattants – ou d'association éventuelle d'anciens combattants – et sur ces entrefaites, il n'était plus très sûr que Judy fût encore à Atlanta après tout ce temps, même s'il s'était souvenu de son adresse exacte, et, bien entendu, Paulie n'était pas là pour lui rappeler l'existence de Judy.

« Tout ça c'est très bien, dis-je, quand il eut terminé, mais ça n'a pas grand-chose à voir avec toi. Tu n'es que quantité négligeable là-dedans. À moins, bien entendu, que tu ne sois prêt à admettre que dès que les choses ou les gens menacent d'entraver ta liberté de manœuvre, tu inventes de toutes pièces un prétexte que tu baptises souvenir de quelque chose, quelque part, ailleurs, et qui te permet d'esquiver la moindre responsabilité. »

Tulip abaissa sa fourchette sans avaler sa bouchée de tartelette et répliqua :

« Je ne sais pas pourquoi je perds mon temps à discuter avec toi. Écoute, je t'ai dit ce que je ressentais à propos de Paulie et à propos de cette fille d'Atlanta. Je...

— Ce que tu me racontes sur ce qui s'est passé dans ta tête à l'époque n'a rien à voir avec quoi que ce soit. Je n'en tiens donc aucun compte. »

Il secoua la tête :

« T'es un chef, toi. Pas étonnant que la littérature ait si peu de rapport avec la vie, si c'est comme ça que se comportent les écrivains.

— Allez, mange, répliquai-je. Ce sont les idées que tu as sur la vie qui n'ont pas de rapport avec elle. Pourquoi crois-tu que tu as tourné le dos à Paulie ? »

Il me répondit, la bouche pleine :

« Oh ! Moi, tu sais... j'ai toujours été du genre "je te suis où tu veux et je te lâche quand je veux"...

— C'est bien ce que je voulais dire ; et tu voudrais que j'appelle ça de la réflexion ? »

Il avala encore une bouchée de tartelette et secoua la tête.

« Ah ! Toi, t'es vraiment un chef !

— Crois-tu qu'elle avait raison d'imaginer que son frère avait fait la même chose avec Horris ?

— Je ne me suis jamais interrogé là-dessus. Écoute, Pop, en admettant qu'il y ait un côté pédé chez Lee, je ne crois pas qu'il l'ait jamais su. Ce n'est pas un mauvais gars.

— Le gros problème avec des gens comme toi, ce n'est pas tant que leurs pensées soient puériles, mais c'est qu'ils empêchent les autres de penser autour d'eux.

— Je sais. Je ne trouve pas les "Oh !..." et les "Ah !" qu'il faudrait pour apprécier ces extraits prédigérés de freudisme qu'on comprend tout de travers dans ces bouquins soi-disant destinés à révéler au lecteur le meilleur de lui-même. Les filles sont plus fortes à ce jeu-là, non ?

— Pas celles que je connais. Il faut croire que je n'ai pas de chance.

— Enfin, quand je me serai un peu reposé, je verrai si je peux te dénicher un bon petit lot. Je n'ai jamais été très porté sur le genre de bonnes femmes que tu fréquentais, à l'exception, peut-être, de...

— Je ne voudrais surtout pas fréquenter le genre de bonnes femmes sur lequel tu es porté. Tu veux prendre le café ici ou dans le salon ? »

Nous retournâmes dans la pièce voisine et Donald nous y apporta le café. Donald Poynton était un Noir de taille moyenne, âgé de trente-cinq ans, très soigné, avec un beau visage à la peau très sombre. Je l'aimais beaucoup. Il avait un grand sens de l'humour qu'il ne dévoilait guère à moins de bien le connaître.

« Les chiens sont dans la cuisine si vous les cherchez, dit-il.

— Rien ne presse, dis-je. Envoyez-les-moi quand vous aurez fini, sauf s'ils vous dérangent trop.

— L'ennui avec toi... », commença Tulip, une fois Donald sorti, puis il rectifia : « L'un des ennuis avec toi, c'est que tu es toujours bien trop certain de me comprendre.

— La plupart du temps, je ne pense pas te comprendre. Là où nous divergeons, c'est que je ne crois pas qu'il y ait grand-chose dans tout ça qui mérite un effort de compréhension. »

Je traversai la pièce pour aller chercher des cigares tandis qu'il rétorquait :

« Alors, d'après toi, tout le monde n'est pas digne d'être compris ?

— Théoriquement, si. Mais il y a le problème de la durée qui se pose et je ne peux pas espérer vivre encore beaucoup plus que cinquante ou soixante ans. »

Je lui rapportai le pot à cigares en verre et il en prit un.

« Ce sont les tiens ? Ou ils sont fournis avec la maison ? s'enquit-il.

— Ce sont les miens.

— Parfait. Tes cigares sont probablement la seule chose que j'aie toujours aimée chez toi, à moins que tu ne t'imagines que ce soient tes cheveux ? Si tu n'avais pas été si sûr de me connaître, cette fois-là, à Baltimore, nous aurions peut-être évité tous ces ennuis.

— Oh ! Ça... Ce n'étaient pas de vrais ennuis. »

Il coupa son cigare d'un coup de dents et me considéra d'un air morose.

« Quelquefois, c'est vraiment dur d'arriver à te parler, Pop ! Pas étonnant qu'ils t'aient expédié en taule.

— Tu te tracasses trop pour cette histoire de Baltimore, et pour ce mauvais départ que tu as pris avec moi. Je l'aurais oublié si, depuis des années, tu ne t'obstinais pas à remettre ça sur le tapis. Pourquoi est-ce que tu ne laisses pas tomber ?

— Quel salaud tu fais avec tes airs protecteurs ! » dit-il.

Mais, en me voyant rire, il se mit à rire également.

Puis, il ajouta :

« Ça te fait vraiment mal au ventre de penser que tu es seulement humain...

— Je n'aime pas ce mot *seulement*, à moins que tu ne veuilles dire, bien entendu, que l'Everest a *seulement* huit mille huit cents mètres ou que la baleine bleue est *seulement* le plus grand animal du monde, ou que...

— Où est-ce que tu veux en venir ? m'interrompit-il d'un ton dégoûté. Tu veux m'en mettre plein la vue ? Ou alors si tu te prépares à te lancer dans une de ces tirades ennuyeuses sur l'avenir de la race humaine et sur la capacité et le potentiel inutilisés de l'humanité, je vais me coucher. Tu n'es peut-être pas trop vieux pour parler comme ça, mais moi, je suis trop vieux pour écouter. »

Il s'esclaffa :

« Et, poursuivit-il, toujours hilare, j'ai fini par lire un échantillon de ta prose. Un gars me l'a donné à San Francisco. C'est sensas !

— Il s'agit de quoi ?

— Je l'ai dans ma valise. Je te montrerai ça demain. Je ne veux pas tout gâcher en t'en parlant. C'est une vraie merveille ! J'ai toujours su que tu étais cinglé mais… »

Il secoua la tête.

« Je peux t'offrir à boire ? Un petit cognac, peut-être… Tu te mets dans tous tes états quand tu repenses à Baltimore, tout comme quand je fais allusion à Kiska. Tu dois en traîner, des problèmes dans ton passé, pour te faire autant de mouron quand il t'arrive d'y songer.

— C'est la deuxième fois ce soir que tu parles de Kiska, dit-il, et ça n'est certainement pas l'un de ces problèmes. Qu'est-ce que tu attends de moi ? Tu sais que je n'ai jamais été très porté sur les galons, mais j'étais tout de même lieutenant-colonel et toi un sous-officier minable qui essayait de…

— Il n'y avait pas la moindre capote d'officier japonais sur l'île à ce moment-là, en admettant qu'il y en ait jamais eu.

— Je les ai vues de mes yeux, ne me raconte pas d'histoires !

— Il y avait deux types, tailleurs dans le civil, qui découpaient dans ces excellentes couvertures japonaises des capotes d'officier avec des fausses étiquettes et tout le tremblement, et les gars allaient les refiler en contrebande aux gens des bateaux, pour cent vingt-cinq dollars pièce, ou leur équivalent en scotch, ce qui ne faisait pas lourd à l'époque.

— Tu parles sérieusement ?

— Très sérieusement. Et tu as démoli toute la combine en recherchant une prétendue cachette d'effets militaires. Des couvertures, nous en avions tant que nous voulions, mais ça, tu le savais.

— Tu mens, répondit-il, et rien que pour ça je vais aller chercher ce texte que tu as pondu. Où sont mes valises ?

— Dans la chambre jaune. Tourne à droite en haut de l'escalier et va jusqu'au fond du couloir. »

Il sortit, gravit les marches et, quelques instants plus tard, j'entendis ses pas au-dessus de ma tête. Quand il revint, il tenait à la main un feuillet jaunissant.

« Tiens, dit-il, si tu peux lire ça sans te tenir les côtes. Tu me bats nettement dans le genre pince-sans-rire. »

Son bout de papier avait été découpé dans un hebdomadaire que la crise économique avait contraint à disparaître au début des années 30.

« C'est un compte rendu de livre, fis-je observer.

— C'est sensas », répliqua-t-il.

Je me mis à lire :

Dans l'invraisemblable chaos de conjonctures, d'ambiguïtés, de tricheries, d'obscurités où se noie l'histoire de la Rose-Croix, dans La Fraternité de la Rose-Croix *(éditeur : William Rider and Son, London, 1924), Arthur Edward Waite a tenté d'apporter un peu d'ordre en classifiant et évaluant les éléments de la question. Avec une application méthodique et une vaste expérience de la recherche mystique, il a réussi à débarrasser des rayonnages un énorme fatras accumulé par des étudiants qui, dans leur enthousiasme, voyaient en tout alchimiste, tout cabaliste, tout magicien ou autre sorcier un véritable Frère de la Rose-Croix.*

Les faits exposés par Waite semblent toujours authentiques, bien que l'interprétation qu'il en donne ne soit pas toujours convaincante. Ainsi, bien qu'il démontre clairement qu'il n'existe aucune preuve manifeste de l'existence de l'ordre des Rose-Croix avant l'apparition, en 1614 et 1615 respectivement, de l'anonyme Fama Fraternitatis RC *et de* Confessio Fraternitatis RC *puis, en 1616, des* Noces chimiques, *de Johann Valentin Andreae, il nie qu'Andreae ait pu être, à quelque titre que ce soit, l'un des fondateurs de l'ordre. À l'appui de cette dénégation, il cite* Vita ab Ipso Conscripta *dans lequel Andreae, faisant figurer* Les Noces chimiques *parmi ses œuvres des années 1602-1603, le définit comme une plaisanterie de jeunesse qui s'est avérée prolifique en autres monstres ridicules : une agréable duperie dont on s'étonnera que cer-*

tains l'aient estimée véridique et en aient disserté avec bien de l'érudition, et quelque peu de sottise, un ouvrage destiné à montrer l'inanité des doctes.

Waite suggère que le sens du texte des Noces chimiques *a été brouillé par le symbolisme des Rose-Croix après que son auteur eut lu la* Fama *et la* Confessio. *Il néglige une alternative plus probable : que l'auteur ou les auteurs inconnus de ces deux manifestes aient puisé leur symbolisme dans* Les Noces chimiques. *Qu'ils aient pu en avoir connaissance au cours des quatorze années écoulées entre sa composition et la première édition dont nous ayons gardé la trace n'est nullement invraisemblable. Dans ce cas, bien entendu, la théorie plus répandue selon laquelle Andreae serait le père du Rosicrucianisme serait correcte, même si cette paternité était le résultat d'une mystification. Sous ce rapport, il n'y a aucune raison de penser que la* Fama *et la* Confessio *fussent exclues, sinon spécifiquement incluses, dans les « autres monstres ridicules » si abondamment engendrés, selon Andreae, par son pamphlet.*

En dépit de son avis opposé, rien, dans la démonstration de Waite, n'apporte la preuve qu'une association effective de Rose-Croix, dont les membres n'étaient pas consciemment des imposteurs, ait existé avant le XVIII*e siècle, époque où cet ordre semble s'être développé parallèlement – sinon en étroite association – avec la franc-maçonnerie. Dans ses* Clavis Philosophiae et Alchimiae Fluddanae, *1633, Robert Fludd, qui, à coup sûr, connaissait le* *sujet mieux que quiconque, semble avoir résumé le résultat de dix-sept années ou plus d'enquête en cette phrase : « J'affirme que tout* Theologus *de l'Église mystique est un véritable Frère de la Rose-Croix, où qu'il puisse se trouver et quelle que soit la politique de l'Église à laquelle il est soumis. » Cela ne nous indique nullement que Fludd ait eu connaissance d'un corps constitué officiel.*

L'ordre de Rose-Croix et de la Croix d'Or organisé, ou réorganisé, par Sigmund Richter en Allemagne en 1710, acquit sans aucun doute dans l'esprit de ses adeptes la force d'un authentique ordre de la Rose-Croix. Depuis lors, jusqu'à ce jour (Waite consacre un de ses chapitres aux Rose-Croix américains), l'existence est attestée de groupes d'hommes plus ou moins sporadiques qui ont utilisé le nom et les symboles de la Rose-Croix pour exprimer leurs préférences quelles qu'elles fussent et pour justifier les buts qu'ils se fixaient, d'ordre alchimique, médical, théosophique ou autre. Des liens entre ces groupes, même parmi les contemporains, d'une filiation digne de ce terme, il n'existe guère de traces. La Pierre et le Mot n'ont cessé de signifier quelque chose pour tout un chacun selon ses tendances.

Waite adopte le point de vue d'un enchaînement continu de nature mystique reliant la doctrine de la Rose-Croix depuis sa naissance jusqu'à nos jours. Heureusement, il ne prétend se fonder sur aucune preuve à l'appui d'aucune de ses théories. Il a tiré au clair la fiction partout où il l'a reconnue.

Il élabore ainsi une histoire documentée – et aussi véridique qu'il est permis de l'espérer dans un domaine aussi conjectural – d'un symbolisme qui a fasciné les esprits portés à la théosophie ou à l'occultisme depuis le début du XVIIe *siècle.*

Quand j'eus fini de lire, je relevai la tête.

« Tu es resté de marbre, dit Tulip, ne me dis pas que tu as aimé ça.

— Qui aime ce qu'il a écrit par le passé ? Mais, à l'exception d'un ou deux points… Ah ! Ma foi, j'étais un vrai savant dans le temps, en 24, non ?

— Hum… Et pas d'erreur, tu gardais le doigt planté dans la brûlante actualité du quotidien, hein ? L'homme de la rue a dû salement en baver pour trouver sa voie avant que ce laïus arrive pour le remettre sur le droit chemin…

— Et tu te figures que cet intermède suffit à compenser ta connerie à Kiska ?

— Ah ! Si tu veux la jouer comme ça, moi, je suis d'accord, mais il me semble que ça me donnait quelques points d'avance sur toi.

— Je pourrais avoir un exemplaire de ce texte ? Je l'avais oublié.

— Tu peux avoir celui-là. Je ne t'en veux pas d'avoir envie de le brûler.

— Tu m'as dit que c'était un type de San Francisco qui te l'avait donné ?

— Oui, un nommé Henkle ou quelque chose d'approchant. Tu le connais ? Il m'a assuré qu'il avait passé plusieurs soirées avec toi.

— Je le connais probablement mais je ne me souviens pas de son nom. C'est à San Francisco que j'ai commencé à écrire.

— C'est ce qu'il m'a dit. Il m'en a raconté de bien bonnes sur ton compte, surtout une histoire de racketteurs à Chinatown, là-bas, avec lesquels tu t'étais acoquiné et…

— Je me souviens de lui maintenant. Il devait s'appeler Henley et je le rencontrais au *Radio Club*. Je suppose que les racketteurs étaient Bill et Paddy, à moins qu'il ne s'agisse simplement d'une touche personnelle de ton cru ?

— Je n'ajoute pas de touche personnelle. Je te répète seulement ce que m'a dit ce type.

— J'ai rarement entendu une déclaration autant sujette à caution, mais admettons. Ça se passait à l'époque où si on tenait une boîte il fallait avoir un garde du corps, qu'on en ait besoin ou pas, juste pour le standing. Bill avait avec lui un Chinois entre deux âges, un pédé rondouillard qu'il m'avait offert de me prêter au cas où j'aurais eu quelqu'un à bousculer un peu, jambe cassée ou équivalent, mais il m'avait recommandé de ne pas le pourrir en lui donnant de l'argent, "cinq ou dix dollars, ça suffira comme pourboire, il m'avait dit. Mais ne le pourris pas en lui refilant du pognon". J'ai casé ce Chinois dans un scénario pour Hollywood, dans les années 30, mais nous avions un metteur en scène hyper viril qui ne voulait pas de tantouse devant sa caméra, alors il avait fallu changer. »

Tulip hocha la tête :

« Cet Hembry, ou je ne sais trop qui, m'avait parlé de ce tueur homosexuel. Il m'avait dit aussi que tu sortais avec une fille qui s'appelait Maggie Dobbs et qui était fiancée à un gars à Tokyo et…

— Il aimait bien palabrer, ce type-là, n'est-ce pas ?

— Oui. Il y avait quelque chose qui clochait dans sa voix et les gens qui ont quelque chose qui cloche dans leur voix, ils aiment toujours parler. Je crois qu'à sa façon c'était un de tes admirateurs. »

Les chiens arrivèrent en compagnie de Donald. Les Irongate avaient deux caniches marron et un noir. L'un des caniches marron, Jummy, était énorme pour cette race. Ils vinrent jouer un moment avec moi puis allèrent voir jusqu'à quel point Tulip était disposé à les cajoler. Donald nous souhaita bonne nuit et emporta le plateau du café.

Tulip, tout en grattant la tête de l'un des chiens, avait suivi Donald du regard.

« Il a une sacrée démarche », nota-t-il.

Je me souviens que c'était l'un des détails qui frappait toujours Tulip. Lui-même était de taille moyenne, mais il se tenait si droit qu'il paraissait plus grand, en dépit de son torse large et de ses épaules massives. Il marchait penché en avant avec une sorte d'énergie lucide, comme résolu à ne se laisser repousser ou déséquilibrer à aucun prix. Quelqu'un – je crois que c'était son ami le docteur Mawhorter – avait dit une fois qu'il pourrait aller n'importe où pourvu qu'on lui donnât une boussole.

« C'était un assez bon poids welter, il y a quinze ou seize ans. Il boxait à Philadelphie sous le nom de Donny Brown.

— Jamais entendu parler de lui.

— Il n'en était pas moins bon mais, d'après lui, il n'avait pas les mains qu'il fallait et, pour un Noir, ce n'est pas un gagne-pain de tout repos, à moins d'avoir vite la vedette ou d'être incapable de faire autre chose.

— Ce n'est pas un gagne-pain de tout repos à Philadelphie, quelle que soit ta couleur. Ce n'est pas non plus facile de trouver un taxi là-bas : il faut descendre du trottoir et faire de vrais moulinets avec ses bras pour attirer leur attention. »

Les chiens décidèrent qu'ils avaient tiré de Tulip tout ce qu'ils pouvaient pour l'instant, et l'abandonnèrent. Jummy alla se coucher à sa place habituelle derrière le canapé et Meg s'installa pour la nuit sur le plancher à l'autre bout du même canapé. Cinq, le caniche noir, qui avait encore des réactions de chiot, se mit à errer de pièce en pièce à la recherche de l'emplacement idéal pour s'y coucher, avec une préférence pour les coins où il serait le mieux exposé à un courant d'air passant sous une porte.

« Tu as vraiment de sérieux ennuis, dis-je à Tulip, pourquoi est-ce que tu ne… ? »

Je m'interrompis en entendant un klaxon de voiture retentir dans l'allée.

Tony Irongate entra, deux valises en toile à la main. Il les laissa tomber sur le seuil, tandis que les chiens se précipitaient vers lui. C'était un jeune garçon maigrichon de quatorze ans, au teint pâle et lumineux, avec des yeux noisette.

« Salut, dit-il. Quelles nouvelles de Paulie et Gus ?

— Ils devraient être de retour demain en fin de journée ou peut-être mercredi », répondis-je, et je le présentai à Tulip.

Tony se fraya un passage au milieu des chiens pour aller échanger une poignée de main avec lui, puis me lança :

« Mingey Baker m'a donné une nouvelle arbalète. Elle est très puissante mais les carreaux glissent quand je l'incline vers le bas. Est-ce qu'on pourrait arranger ça ?

— Ce ne devrait pas être trop difficile.

— Très bien. On s'en occupera demain. Je suppose que Sexo et Lola ne se sont pas encore montrées ?

— Non. Pas encore.

— Bon. Eh bien, je vais boire un peu de lait et aller me coucher. Vous n'avez besoin de rien dans la cuisine ?

— Non, merci, répondis-je.

— À demain matin », dit-il, s'adressant à nous deux, puis il ramassa ses bagages et sortit, suivi des chiens.

« Qu'est-ce que c'est que cette histoire de "Sexo" ? demanda Tulip.

— Ça, c'est le surnom qu'il a donné à sa sœur

aînée ce mois-ci. Elle est à l'âge où elle veut savoir certaines choses et pose des questions.

— Et toi, tu réponds à ces questions. Ah ! Dis donc, je te vois d'ici en train de te lécher les babines et de la noyer sous un déluge de réponses. Est-ce qu'elle fait bien l'amour ? Il y a des mômes qui sont très douées.

— Allons, allons, ça n'a rien à voir. Il ne s'agit pas du tout de répondre oui ou non. Ça se situe à un niveau que tu ne comprendrais sans doute pas.

— Si ça n'a rien à voir, c'est sûr que je ne comprendrais pas, reconnut-il. Pour moi aussi, c'est oui ou non.

— Je sais, tu as un besoin de dominer, alors tu t'imagines que tu t'offres les plaisirs les plus variés, mais quand on y regarde de plus près, ce n'est jamais que de la masturbation d'une façon ou d'une autre, sauf de loin en loin quand on est plus futé que toi. »

Il se mit à rire :

« Il faudra que je réfléchisse sur ce point. Et je serais bien en peine d'en dire autant de la plupart des trucs que tu me racontes. Tu piges pourquoi c'est rasant parfois, pas vraiment rasant, mais plus que ça ne devrait l'être ?

— Avec ta cervelle et tes méthodes, ça devrait toujours être rasant.

— On ne se sert pas de sa cervelle dans ce type d'opération, Pop, pas si on a autre chose à sa disposition. Ça c'est bon pour les écrivains. Écoute, puisqu'on parle de ça, tu m'as répété une fois un conseil que t'avait donné ta mère. Tu te souviens ?

— Elle ne m'a jamais donné que deux conseils et ils étaient tous deux fort précieux : "Ne t'embarque jamais sur un bateau sans avirons, fût-il le *Queen Mary*", m'a-t-elle dit, et "Ne perds pas ton temps avec des femmes qui ne savent pas faire la cuisine parce qu'elles risquent de n'être guère plus distrayantes dans les autres pièces de la maison".

— Tu sais que ta mère était morte, et dans sa tombe depuis des années, avant qu'on songe seulement à construire le *Queen Mary* ?

— Elle était à moitié écossaise, répliquai-je, et ces gens-là ont parfois le don de prédire l'avenir.

— Très bien, mais c'était de l'autre conseil que nous parlions. Il y a plus de vérité dedans que je ne pensais au début, mais il n'est pas toujours juste.

— Il n'y a pas beaucoup de choses qui soient toujours justes. »

Il se leva et se dirigea vers la table d'angle.

« Je vais me verser un dernier verre pour pouvoir filer au pieu en vitesse, si tu continues à parler comme ça. Tu es ennuyeux comme la pluie quand tu deviens philosophe, Pop. Pourquoi on ne se contenterait pas de discuter de sexe tranquillement ? »

Il revint avec son verre et se rassit.

« Tulip, dis-je, tu me fais l'effet d'un homme qui a envie de me parler d'une fille qu'il a rencontrée à Boston et…

— Enfin, à vrai dire, c'est à Memphis que je l'ai rencontrée pour la première fois mais…

— Et j'espère bien, moi, te faire l'effet d'un homme qui ne va pas t'écouter mais qui va monter se coucher pour lire un peu avant de s'endormir.

— Bon, ça va, dit-il avec bonne humeur, je n'ai rien qui me pèse sur la conscience, et pourtant cette petite sur qui je suis tombé à Memphis n'était vraiment pas fichue de cuisiner. Elle mettait de l'ail dans tout.

— Tu aimais l'ail, dans le temps.

— Bien sûr, et je l'aime toujours. Mais il existe en ce bas monde des tas de cuisinières nulles qui croient rendre acceptable n'importe quel plat simplement en y collant assez d'ail, et si tu rouspètes, elles te ricanent au nez comme si elles te prenaient en train de faucher à l'étalage. Elles te disent : “Alors, comme ça, tu n'aimes pas vraiment l'ail ?” À quelle heure est-ce que tu te lèves, le matin ?

— À cette époque de l'année, vers huit heures, mais ne…

— Appelle-moi quand tu seras debout, je prendrai le petit déjeuner avec toi. Tu n'avais pas de raison particulière pour me cacher que les Irongate étaient sur le point de rentrer chez eux ?

— Non, juste ma sournoiserie habituelle. »

Il vida son verre pendant que j'éteignais les lumières et nous montâmes ensemble au premier étage. Je passai en revue sa chambre et sa salle de bains pour voir si tout était en ordre, puis je lui dis bonsoir et me rendis dans ma propre chambre, à l'autre bout du couloir. Cinq, le jeune caniche noir, s'était confortablement installé au pied de mon lit et, quand je fus déshabillé, il vint vers moi pour quêter son dernier grattement de tête et ses dernières caresses avant la nuit. Je me glissai ensuite dans les draps et commençai à lire l'*Essai sur la physique* de Samuel, accompagné d'une lettre polie d'Einstein spécifiant à regret qu'un éther à deux états n'offrait à un physicien rien de consistant à se mettre sous la dent.

Il était dans mes intentions de réfléchir ensuite au cas de Tulip, mais je me retrouvai en train de me demander si la notion d'un univers en expansion n'était pas une simple tentative pour faire passer l'infini, en contrebande, et quel réajustement s'imposerait en mathématiques si le *un*, l'unité, la donnée première, n'était pas considéré comme un nombre, ou sinon peut-être en tant qu'élément simplificateur de calcul. Là-dessus le sommeil arriva, j'éteignis la lumière et m'endormis.

Quand je descendis prendre mon petit déjeuner, Tony était dans la salle à manger en train d'avaler des harengs fumés tout en lisant les journaux. Nous nous saluâmes, puis je m'assis en prenant un journal. Donald m'apporta un jus d'orange, des harengs fumés et des toasts. J'avais presque achevé mon repas quand Tulip vint nous rejoindre et nous le laissâmes finir tout seul tandis que le garçon et moi sortions sur la véranda pour examiner la nouvelle arbalète dont il m'avait parlé la veille au soir.

« Elle est dure, me dit Tony en me la tendant. Naturellement, elles sont toujours très dures, mais celle-là l'est spécialement. »

C'était un engin du genre de ceux fabriqués par ces types en Pennsylvanie de l'Ouest à partir de suspensions de voiture.

« Elle est terriblement puissante, reprit-il, mais tu vois… les carreaux glissent si on l'abaisse. »

Ses yeux sombres étaient très brillants. Il avait le goût des armes.

« On peut remédier à ça en fixant une butée ici, pour retenir le carreau jusqu'à ce que tu presses sur la détente, mais à mon avis ça ne vaut pas la peine de se donner tant de mal. Tu ne tireras sûrement pas souvent vers le bas. Alors, pourquoi ne pas coller simplement un petit bout de scotch sur le carreau quand tu as besoin de le tenir dans cette position ? De toute façon, il n'est pas question de charger et de tirer vite avec un engin pareil, et, en te servant d'un bout de ruban adhésif, ça m'étonnerait que ton tir y perde en force ou en précision.

— Ah !… Tu crois vraiment ? dit-il avec lenteur. Mais…

— Mais j'essaie peut-être simplement d'échapper à une corvée ? Cesse donc de parler comme Tulip. »

Il se mit à rire et demanda :

« Ton ami Tulip, c'est un drôle de type, hein ?

— Dans un sens, oui. Mais il faut bien te dire

que, lui et moi, nous avons nos petits jeux et tu saisiras probablement mieux les choses si tu veilles bien à ne nous croire qu'à moitié. Avant tout, il essaie de se faire passer pour pire qu'il n'est en réalité, et, moi, j'essaie de me faire passer pour bien meilleur. Les vieux qui se mettent à ressasser leurs souvenirs pratiquent beaucoup cette méthode et, de toute façon, les mâles débitent un tas de sottises qui ne servent qu'à impressionner les femmes et les enfants, quand ils ne veulent pas simplement s'impressionner mutuellement, ou encore s'impressionner eux-mêmes.

— Tu m'as déjà dit ça, fit-il observer.

— N'empêche que ça contient une bonne part de vérité. Allez, viens, emmenons ce truc derrière et faisons un essai. »

Nous descendîmes les marches de la véranda – les moustiquaires n'étaient pas encore relevées –, traversâmes la pelouse qui avait, sous nos chaussures, cette élasticité de début du printemps, atteignîmes l'allée de gravier pour déboucher derrière le garage où se dressaient des érables à un mois de leur floraison.

« Il a de bons côtés, Tulip. Par exemple, ce qui m'a toujours plu, c'est ce qui touche à son instruction. Il est sorti de Harvard, figure-toi. »

Tony, qui cheminait à côté de moi et portait l'arbalète et le sac de cuir contenant les accessoires, déclara « Sans blague ? » sur un ton dont la signification m'échappa. Je ne comprenais pas toujours Tony.

« Oui. Je ne sais rien de la famille de Tulip, ni d'où il vient... Il m'a raconté des histoires que j'ai préféré ne pas croire... Mais, en tout cas, il a passé quatre ans à Harvard et quand on lui a donné son diplôme, il a considéré comme un fait acquis qu'il était un homme accompli. Jusqu'au jour où il est tombé – c'était l'année suivante à Jacksonville – sur un dénommé Eubanks qui lui a expliqué que pour devenir un homme vraiment accompli, il ne suffisait pas de passer par l'université, bien que ce fût en tout cas une première étape indispensable. Tulip n'avait jamais réfléchi au problème jusque-là mais, convaincu par les explications d'Eubanks, il a tout envoyé promener pour cesser d'être précisément un personnage accompli.

— Ah ! Dis donc, moi aussi, ça me plaît », déclara Tony, et nous nous mîmes à tirer avec l'arbalète sur une vieille souche qui avait déjà servi de cible à diverses armes.

Le terrain se redressait en pente raide jusqu'au sommet de la butte qui dominait le vieux verger. C'était une arme réellement meurtrière : elle projetait ses carreaux d'acier de dix centimètres de long avec puissance et – une fois que nous l'eûmes bien en main – précision.

« Elle est formidable, hein ? » dit Tony en relevant la tête pour me sourire.

J'acquiesçai avec un grognement approbateur.

Son sourire s'élargit.

« Et ce serait bête de se plaindre qu'elle ne puisse servir à rien d'autre qu'à ça, non ?

— Ce le serait pour nous, oui. »

Il soupira et hocha la tête.

Quand nous regagnâmes la maison, Tulip était en train de lire le journal du matin devant une tasse de café dans la pièce marron et blanc du rez-de-chaussée, baptisée pour je ne sais trop quelle raison « le bureau ». C'était une vaste pièce agréable, dotée de plusieurs fenêtres s'ouvrant sur la partie la plus étendue de la pelouse qui se perdait au loin parmi les arbres.

Il leva le nez de son journal et considéra l'arbalète.

« Vous ne reculez pas un peu loin dans le temps ? demanda-t-il. Il me semble que j'ai lu des histoires de rayons laser, d'atomiseurs, de désintégrateurs et…

— Simples découvertes transitoires, rétorquai-je. Elles finiront par tomber en désuétude comme la poudre à canon. Tu veux venir faire un tour à l'étang avec nous ?

— Avec plaisir. »

Il finit son café et se leva.

Je lui trouvai un blouson en laine – il faisait encore froid – et nous traversâmes la pelouse pour rejoindre le sentier de l'étang. Quelques-uns des juncos qui n'étaient pas encore repartis vers le nord grattaient le sol sous une mangeoire, l'une des sittelles bleues qui nichaient dans le noyer descendit rapidement en se dandinant le long du tronc. Une mésange se mit à chanter et trois autres esquissèrent quelques battements d'ailes dans notre direction.

« Elles cherchent des graines de tournesol, expliqua Tony à Tulip. Il les nourrit dans sa main !

— C'est son côté saint François, remarqua Tulip, c'est un vieillard à moitié gâteux qui a trop lu. D'ailleurs, il a toujours été comme ça. »

Le gamin s'esclaffa tout en marchant entre nous deux.

« Vous ne l'avez jamais vu faire son numéro de caresses de mouche ? C'est formidable.

— Je vois ça d'ici, répondit Tulip. Ce vieux Pop est un chouette môme à bien des égards. J'aimerais bien te raconter une histoire qui s'est déroulée dans un patelin près de Spokane…

— Tony est une de ces personnes devant qui on peut parler », précisai-je.

Nous suivions à présent le sentier boueux. Il était assez large pour nous permettre de marcher tous les trois de front. Certaines cosses de cornouillers semblaient sur le point d'éclater ; elles restaient ainsi à deux doigts de s'ouvrir durant des semaines et des semaines avant qu'il ne se passe quelque chose.

— Tu veux dire que je peux lui raconter cette histoire survenue sur la route de Cœur d'Alene ? demanda Tulip.

— Je ne sais pas ce que tu as en tête, mais tu peux la lui raconter. Pour ce qui est des mouches, cela n'a rien de bien sorcier. Tu as vu comme elles aiment se gratter les ailes. Eh bien, pour commencer, si tu veilles à ne pas les effrayer avec l'ombre de ta main et que tu les grattes très doucement sur les ailes, elles aiment ça et ne s'envolent pas. Ça n'est pas plus compliqué.

— D'accord, dit Tulip. C'est pour cela que tu crois qu'elles aiment ça. Maintenant, pourquoi crois-tu que ça te plaît, à toi ?

— Au cas où il y aurait le moindre embryon de vérité dans la théorie selon laquelle les insectes finiront par dominer le monde, autant se faire des amis parmi eux.

— Quel répugnant vieux fossile ! dit-il en se tournant vers le gamin. (Il secoua la tête.) Quand je pense à l'époque lointaine où il y avait encore du poil dessus !

— Vous vous connaissez depuis longtemps, n'est-ce pas ? s'enquit Tony.

— Assez longtemps, mais ne va pas t'imaginer que nous sommes si bons amis. Simplement, où que je me trouve, je le vois apparaître de temps à autre et pendant quelques jours, il ne me lâche plus, mais ça ne dure jamais très longtemps. »

Tulip répliqua avec une certaine agressivité, parlant par-dessus la tête du garçon :

« Tu sais quand j'arrive et pourquoi je ne reste pas longtemps. »

Comme je ne répondais rien, Tony me demanda :

« C'est vrai ?

— Il est fou, répondis-je. Je le sais, c'est vrai, mais il est complètement fou.

— Ça, c'est trop facile à dire, lança Tulip avec indifférence.

— Eh ! intervint Tony, vous venez de dire que

j'étais l'une des personnes devant qui vous pouviez discuter. Vous êtes peut-être en train de parler mais, en tout cas, sûrement pas devant moi. »

Tulip donna un léger coup de coude dans l'épaule de Tony :

« Et toi, l'mouflet, tu veux jouer au plus malin ? Bande de voyous ! »

Il me toisa par-dessus la tête de Tony, sourcils froncés.

« Alors, on déballe notre histoire pour voir ce qu'il en pense ?

— Si tu veux, répondis-je, mais dis-toi bien que je me fais ma propre opinion quelle que soit celle des autres.

— Je sais, tu es un ennemi de la démocratie.

— Non, pas un ennemi, quoique je ne croie guère à sa valeur dans des groupes réduits. Ne va pas raconter que je suis un ennemi de la démocratie ou ils vont de nouveau me foutre en taule.

— Ça, c'est un sujet à ruminer par une matinée lugubre avant d'avoir pris son café. Écoute, Pop, pourquoi est-ce qu'on n'aborde pas la question d'un point de vue réaliste ? Je…

— Réaliste, voilà un de ces mots devant lesquels les gens sensés, s'il est prononcé dans une discussion, ramassent leur chapeau et rentrent chez eux, dis-je à Tony. Comment t'en es-tu tiré avec cette lampe que tu voulais fabriquer ? »

Il avait eu l'idée – mû tout d'abord par une curiosité d'enfant, puis par la lecture d'un livre sur la symétrie dynamique appartenant à son père, enfin, parce qu'il savait que personne ne croit vraiment aux théories couramment admises sur la lumière – qu'une feuille de métal réfléchissante enroulée aux deux bouts en une sorte de spirale à section droite pourrait faire un abat-jour à la fois rationnel et économique. Il ignorait certains problèmes posés par le facteur chaleur ou espérait les résoudre par accident – mais, après tout, quelle théorie de la lumière n'est pas dans ce cas ?

« Oh ! Ce truc-là ! Jamais je n'y suis arrivé… »

Les chiens nous rattrapèrent comme nous atteignions l'embranchement du chemin – le sentier de gauche franchissant la colline en direction de la nouvelle réserve d'oiseaux de McConnell, celui de droite descendant directement vers l'étang – et nous firent leurs fugaces et fougueuses démonstrations habituelles d'affection. Ils détalèrent en avant dans les taillis dénudés au travers desquels on apercevait en contrebas – toute la glace avait fondu depuis quelques semaines – la surface de l'étang ; la plupart des sapins se trouvaient sur l'autre rive. C'était un plan d'eau de trois à quatre hectares, alimenté par une source, avec deux petits îlots, et dont la profondeur ne dépassait pas quatre mètres dans les endroits où l'on trouvait, à la saison de la pêche, perches, brochets, poissons-lunes, serpents, grenouilles et tortues d'eau. Jamais je n'avais essayé de manger des serpents d'eau. Les perches, remontant du fond, avaient un goût de vase trop prononcé pour moi, mais tout le reste était parfaitement comestible. L'eau devenait trop chaude en été pour les truites ; pour ces poissons-là, il n'y a pas assez d'oxygène dans l'eau réchauffée. Je me remis à penser à la ressemblance existant entre la description que Tulip avait faite du lac de Paulie Horris et celui-ci.

« Un papier épais doublé d'une feuille d'aluminium serait aussi bien que du métal brillant, dis-je. L'essentiel, c'est de bien ajuster la monture en spirale à la base et au sommet. Dans un sens, il vaut peut-être mieux prendre du papier, plus facile à découper ou à coller, une fois que tu sauras avec quelle longueur on peut obtenir le plus de lumière.

— Alors, tu crois que je devrais m'y remettre ? Je pensais que j'y allais un peu trop au petit bonheur, mais j'aimerais bien essayer si tu crois que ça peut marcher.

— Je crois que ça vaut la peine, répondis-je. Pour faire du bon travail, il ne suffit pas de savoir ce qu'on fait. C'est en se servant de ce qu'on sait – et pas seulement de ce qu'on sait sur le but recherché – pour découvrir ce qu'on ne sait pas qu'on fait du bon travail. Approcher du but, c'est déjà beaucoup : c'est seulement quand on acquiert ce qu'on nomme du bon sens et qu'on commence à le considérer comme une fin en soi qu'on est mal parti. C'est là que réside, par exemple, la différence entre un charpentier et un homme qui fabrique vraiment quelque chose.

— Mon père était charpentier, déclara Tulip. Je me demande si je devrais te laisser causer.

— Ton père était ou un voleur ou un maquereau. »

Nous avions quitté le sentier et nous dirigions vers le petit appontement au bord de l'étang. J'observais Tulip sans pouvoir décider s'il donnait l'impression d'avoir déjà vu cet étang.

« Mais il n'était pas assez doué pour réussir dans ces deux branches. La plupart du temps, il devait donc faire le charpentier. »

Tulip fit un signe de tête vers l'étang, me jetant un coup d'œil de côté, presque comme s'il savait ce que j'en pensais : « Le lac de Lee dont je t'ai parlé ressemblait beaucoup à celui-ci, sauf qu'il avait un appontement en pierre et que l'abri était juste au bord de l'eau au lieu de se trouver comme celui-ci, en retrait… et puis, leur lac était plus grand aussi. »

Ce qu'il appelait l'abri était en général installé sur la rive même de l'étang. Les Irongate, eux, l'avaient placé sur un sol plus sec ; par ailleurs, les choses étaient toujours plus grandes dans les histoires de Tulip. Restait l'appontement en pierre.

Les chiens bondissaient dans l'eau et hors de l'eau, dans leur rituelle exploration du rivage. À une dizaine de mètres de l'extrémité d'une des îles, un couple de bernaches du Canada, ou de bernaches cravants, prématurément en route vers le nord – à cette distance, je ne pouvais être sûr de leur espèce –, nous surveillaient, les chiens et nous : à cette époque de l'année, chez les oies sauvages, la curiosité l'emportait sur la crainte.

« Ce qui m'ennuie le plus, reprit Tony, c'est que le bord de la spirale va être trop près de l'ampoule, à moins que tout le système ne soit trop grand.

— Tu envisages une spirale trop imposante, répondis-je, et tu en auras peut-être beaucoup moins besoin que tu ne crois. De toute façon, tu verras avec quelle longueur tu obtiendras la meilleure lumière. Si tu tiens à te creuser la cervelle, demande-toi donc si la solution du problème ne serait pas donnée par une spirale en trois dimensions, et non en deux comme celle dont nous discutons. »

Le gamin ferma ses yeux sombres et les rouvrit.

« Mais comment la lumière pourra-t-elle sortir de ta spirale en trois dimensions ? Elle va l'emprisonner presque entièrement. Et je me demande bien comment tu peux transformer cette spirale – de la façon dont tu en parles – en trois dimensions. »

Mes connaissances en mathématiques étaient insuffisantes pour me permettre de répondre à ces questions et je le lui dis clairement.

« Bien sûr, ce n'est peut-être pas du tout un problème mathématique auquel nous nous heurtons. Les gens appellent topologie une branche des mathématiques mais, à mon avis, ils sont cinglés et nous allons peut-être déjà vers la topologie. Je ne veux pas dire simplement nous, je veux dire tous ceux qui se risquent à aborder les problèmes de lumière. »

Tony émit un petit gloussement de plaisir quand je prononçai le mot topologie comme si j'avais fait allusion à un vieil ami. Il nous avait écoutés un hiver alors que Gus et moi, après avoir abordé certains problèmes propres à la sculpture, avions passé des heures à discuter de la peinture en déclarant qu'elle n'avait de relations dans l'espace qu'avec les surfaces des objets et rien d'autre. J'aimais la topologie. Quelques années plus tôt, j'avais écrit un texte sur l'anneau de Moebius, conçu pour être lu à partir de n'importe quel point et revenir à ce même point, et pour demeurer un récit complet et logique, quelle que fût la phrase par où on l'entamait. Cette tentative s'était soldée par une demi-réussite : je ne veux donc pas dire qu'elle fut parfaite. Une histoire ne l'est jamais. Mais elle n'était pas trop mal.

Tulip s'était mis à lancer dans l'eau un bâton que Cinq allait rechercher à la nage. Les chiens avaient toujours beaucoup nagé jusqu'au jour où Jummy avait dû être opéré d'espèces d'excroissances dans les oreilles dont il souffrait depuis chaque fois qu'il allait dans l'eau, si bien qu'il avait presque totalement cessé de barboter et ses deux autres compagnons ne faisaient jamais ce qu'il ne faisait pas. Cinq venait de plonger à la recherche du bâton, le cou tendu hors de l'eau ainsi que nagent les caniches même s'ils ne sont pas rasés dans ce but. Jummy et Meg batifolaient au bord de l'eau dans une anse de la rive.

Avec malice, me sembla-t-il, Tony dit à Tulip :

« Nous avions eu l'idée d'une lampe et... »

Tulip, qui suivait des yeux la tête noire du caniche à la surface de l'eau, répliqua :

« Si Pop est dans le coup, ça peut peut-être présenter de l'intérêt dans un sens, mais c'est sûrement irrationnel ou si ça n'est pas irrationnel maintenant ça le sera avant qu'il ait terminé. C'est un vieux bavard bourré de théories et il te fera perdre beaucoup de temps si tu le laisses faire. »

Il s'écarta pour aller vers Cinq qui revenait, le bâton dans la gueule.

« Il boude, dis-je au gamin.

— Ben oui ! Je ne sais pas de quoi il voulait parler quand nous sommes partis, mais tu t'es défilé. Tu as dit et répété qu'on pouvait très bien en parler, mais tu t'es tout de même défilé.

— J'espérais que tout le monde le remarquerait, dis-je.

— C'est pour ton bien », nota Tulip en revenant vers nous.

Nous étions maintenant assis sur le petit appontement et j'allumai une cigarette.

« Pour moi, ça n'a aucune importance, reprit-il, ou à peu près aucune.

— Normalement, je devrais me lever et filer, dis-je à Tony. C'est ce que préconisent les bonnes manières quand quelqu'un se mêle de vous donner son avis pour votre bien. »

Tulip émit un grognement, s'assit à côté de nous et tendit la main vers mes cigarettes.

« Tu ne crois pas que tout devient lassant à la

longue ? demanda-t-il. Fiche le camp », ajouta-t-il à l'adresse de Cinq qui arrivait, trempé, un bâton humide entre les dents.

Le caniche noir, bien élevé en dépit de son côté jeune chiot, s'éloigna un peu pour s'ébrouer et se vautrer dans l'herbe en mordillant son bâton. Tulip alluma sa cigarette à la mienne et me dévisagea :

« Toutes ces salades, ça ne nous mène nulle part. Nous en sommes toujours au même point.

— C'est si ennuyeux que ça ?

— C'est ennuyeux, oui, dit-il avec calme et assurance, et tu peux ironiser autant que tu voudras, tu sais que j'ai raison. »

Tony, assis sur l'appontement, jambes croisées, nous observait de ses yeux sombres et brillants avec une feinte indifférence. Il ne savait pas au centre de quoi il était plongé, mais il se savait au centre de quelque chose et cette idée lui plaisait. C'était un garçon sympathique. Je suppose que la plupart de mes réflexions lui étaient destinées et je crois que Tulip le savait et jouait sa partie en ce sens. J'avais toujours eu le dessus avec Tulip en me taisant ou, du moins, en évitant les sujets qu'il voulait aborder.

« Cette fois, il s'imagine qu'il va m'avoir, dis-je à Tony. Je viens de sortir de prison. La dernière de mes adaptations radiophoniques a été diffusée sur les ondes pendant que je purgeais ma peine, et l'État et les autorités fédérales en ont profité pour me réclamer des arriérés d'impôts. Hollywood a flanché durant la chasse aux sorcières. Alors,

Tulip s'imagine que je vais être obligé d'écrire un autre livre – qui ne me demanderait pas un gros effort d'imagination – et il rapplique ici traînant avec lui sa sinistre petite existence pour que je la raconte.

— Tu n'arriverais jamais à tout dire en un seul volume, spécifia simplement Tulip.

— Je ne dirais rien dans aucun volume si ça dépendait de moi, repris-je avec moins de simplicité que lui, car c'est lorsque Tulip parlait ainsi que je l'aimais le plus. Écoute… (Je m'adressai de nouveau à Tony ou peut-être, à travers lui, à Tulip.) J'ai été embarqué dans deux guerres – du moins dans l'armée pendant qu'elles avaient lieu –, j'ai connu les prisons fédérales et j'ai été tubard pendant sept ans, et marié aussi souvent que je l'ai voulu. J'ai eu deux enfants et des petits-enfants et, à part une courte nouvelle assez jolie, mais absurde, racontant l'histoire d'un tuberculeux qui quitte l'hôpital près de San Diego pour aller passer à Tijuana un après-midi et une soirée de congé, je n'ai jamais écrit une seule ligne sur toutes ces aventures. Pourquoi ? Tout ce que je peux dire, c'est que je ne trouverai rien à en tirer. Peut-être plus tard, peut-être jamais. Il m'est arrivé d'essayer de temps à autre – et je suppose que j'ai dû m'appliquer, comme je me suis appliqué à tant de choses – mais elles n'ont jamais eu grand sens pour moi.

— Il me semble évident que tu ne serais pas un si bon sujet, remarqua Tulip, mais en un sens, c'est ce que je n'ai cessé de répéter.

— Dans ce cas, si je n'en suis pas un, pourquoi le serais-tu ?

— Mon Dieu ! répondit-il avec sérieux, c'est que ma vie est plus intéressante !

— Ce n'est pas mon avis mais, de toute façon, la discussion est impossible sur ce point, qui, en plus, n'a rien à voir avec ce dont je parle. »

Tulip rétorqua d'un ton morose :

« Je suis bien content que l'un de nous sache de quoi tu parles. (Puis il demanda à Tony :) Sais-tu de quoi il parle ? »

Le gamin secoua la tête :

« Non, mais il a une idée en tête.

— Tu es jeune, reprit Tulip. Tu as le temps d'attendre pendant qu'il court après les idées qu'il a en tête. »

Puis, se tournant vers moi, car il avait réfléchi à ce que j'avais dit :

« Qu'est-ce que c'est que cette histoire de petits-enfants ? C'est nouveau, ça, depuis que je t'ai vu, non ? »

J'émis un grognement affirmatif.

« Une fille, il y a deux ans, ajoutai-je, et un garçon en janvier – depuis que je suis sorti de taule. Je ne les ai pas encore vus.

— Parfait, parfait. Ils sont en Californie ? »

Et, comme j'acquiesçai :

« C'est ta fille que tu aimais tant ? ajouta-t-il.

— J'aime mes deux enfants pareillement. »

Tulip haussa ses épais sourcils en direction de Tony.

« Il est constipé, ce vieux, là, non ? »

Il se retourna vers moi :

« Je suis un illettré. Tu devrais m'expliquer pourquoi je ne suis pas un meilleur sujet, étant donné que mon personnage est plus intéressant. Tu n'y es pas obligé, mais il faudra le faire si tu veux que je te comprenne.

— Posons les choses de cette façon, commençai-je, m'adressant au gamin ou à travers lui. En 1920, je me retrouve en sanatorium, une ancienne école indienne sur Puyallup Road, à la lisière de Tacoma, Washington. Nous étions pour la plupart ceux qu'on devait appeler plus tard des vétérans invalides de la Première Guerre mondiale. Mais l'administration des Anciens Combattants ne possédait aucun hôpital à cette époque-là – peut-être même que cette administration n'avait jamais existé auparavant – si bien que le service de santé publique des États-Unis nous prit en charge dans ces hôpitaux. Dans celui dont je parle, la moitié d'entre nous étions des tuberculeux ; l'autre moitié avait été baptisée les "commotionnés" et ils étaient isolés, du moins pour dormir et manger, parce qu'un vague contrôle devait s'exercer sur eux, je suppose – vis-à-vis de nous, ce contrôle était inexistant –, et parce que nous risquions de les contaminer. C'était un hôpital assez plaisant, géré en dépit du bon sens et je crois que la plupart de ceux d'entre nous qui ont évité de se biler ont survécu à la maladie – je parle des tubards ; j'ignore comment les commotionnés ("les tarés" comme nous appelions ces traumatisés des tranchées) s'en sont sortis – tandis que les plus consciencieux, ceux qui s'acharnaient à suivre leur traitement, sont morts. Le major responsable de l'hôpital avait la réputation d'être un poivrot, mais je ne me souviens pas d'en avoir jamais eu la preuve. Je me souviens par contre qu'il craignait l'American Legion qui venait de se constituer et nous en usions comme d'une menace dont nous l'assommions chaque fois qu'il voulait faire preuve d'autorité à notre égard, encore qu'il me semble bien que la plupart d'entre nous appartenaient à une autre organisation, appelée les Vétérans invalides de guerre. Notre argument invariable contre toute tentative visant à nous imposer un quelconque contrôle était la déclaration, proférée d'un ton morose ou triomphant, marmonnée ou hurlée, selon celui qui parlait et selon les circonstances : "Nous ne sommes plus dans l'armée !" Nos médecins et nos infirmières – pour la plupart démobilisés comme nous depuis peu – commençaient à se fatiguer sérieusement de l'entendre, mais nous ne nous lassions jamais de la répéter. Le gouvernement nous allouait au titre de compensation une somme de soixante ou quatre-vingts dollars par mois – je ne me souviens plus du montant exact – bien que sans doute il dût varier selon le degré de gravité de nos maladies puisque les thermomètres étaient baptisés "tubes de compensation". On nous fournissait gratuitement une ration de cigarettes, malheureusement insuffisante pour contenter un gros fumeur moyen ; nous étions, bien entendu, nourris et logés, et nous n'avions guère besoin de vêtements. Ce n'était pas une vie désagréable. Tout alcool était à cette époque de contrebande – à l'exception de lampées furtives que nous arrivions parfois à soutirer à une infirmière ou à un médecin – et la gnôle que nous achetions était à peine buvable mais très forte. Les lumières devaient être éteintes à vingt-deux heures, mais la chambre que je partageais avec un gamin de Snohomish avait été celle d'une surveillante au temps lointain de l'école indienne. Elle se trouvait branchée sur le même circuit électrique que les toilettes, si bien qu'il nous suffisait de pendre une couverture devant la fenêtre pour jouer au poker aussi tard que nous le voulions. Si je m'en souviens bien, nous entrions et sortions de l'hôpital à notre guise, n'ayant nul besoin de laissez-passer autre que pour nous absenter toute la nuit, et nous rendre par exemple à Seattle, quoiqu'en certaines occasions nous étions censés rester à la disposition des autorités. En tout cas, la majeure partie d'entre nous préférait s'accommoder de ce régime plutôt que d'avoir à gagner sa vie. Parfois, nous étions sans le sou : je me rappelle un certain Whitey Kaiser – un costaud blond de l'Alaska, athlétique et trapu, affligé de la plupart des maladies connues ; il était capable de frapper comme un marteau-pilon mais ses jointures étaient friables comme du biscuit sec. Il m'avait emprunté une matraque

– j'avais débarqué à l'hôpital après avoir travaillé dans une agence de détectives privés à Spokane et quand on est jeune, on conserve toujours des petits accessoires de ce type – et il me l'avait rendue le lendemain matin avec dix dollars. Quand je lus dans un journal du soir qu'un homme avait été assommé et dépouillé de cent quatre-vingts dollars sur Puyallup Road au cours de la nuit – elle reliait Tacoma à Seattle –, je montrai l'article à Whitey, qui me déclara que les victimes braquées exagéraient toujours le montant des vols. Parfois, nous étions pleins aux as : il y avait un jeune gars basané au visage en lame de couteau, du nom de Gladstone, qui avait fini par recevoir sa prime de l'armée – une somme respectable, bien que je ne me souvienne plus précisément du montant – et l'avait dépensée à acheter deux voitures d'occasion et les œuvres complètes de James Gibbons Huneker, parce qu'il voulait enrichir sa culture et que je lui avais dit que Huneker en était pétri. La plupart du temps, on s'ennuyait à mourir. J'imagine que ce n'était pas très difficile. Je ne veux pas dire qu'il s'agissait d'un ennui profond – bien que, parfois, ce fût certainement le cas – mais simplement d'un ennui banal et fréquent. Le climat est plutôt agréable, là-bas, tu sais. Il pleut en général une fois par jour de septembre à mai, mais rarement très fort, et il ne fait jamais vraiment froid, si bien qu'un pardessus est inutile et qu'il suffit de prendre un imperméable lorsqu'on sort et… »

Les trois chiens, en trois points différents, se mirent à aboyer et se précipitèrent sur le sentier par lequel nous étions arrivés, disparaissant bruyamment dans un tournant.

« Des visiteurs », annonçai-je, tandis que Tony précisait : « Do et Lola, je pense », et Tulip jeta son mégot, qui toucha l'eau avec un grésillement puis se désagrégea.

L'instant d'après, les trois caniches déboulèrent du sentier, suivis des deux filles Irongate qui marchaient derrière eux. Do, blonde et maigre, était âgée de seize ans. Lola était une très jolie fillette de douze ans, potelée, avec des yeux noirs, des cheveux foncés et des joues roses. Lola ressemblait à son père et à Tony. Do ne ressemblait à personne de ma connaissance, bien qu'on m'eût dit – chacun doit obligatoirement rappeler quelqu'un d'autre dans la plupart des familles – qu'elle était le portrait craché d'une de ses tantes. Elles échangèrent des « Salut ! » avec Tony, m'embrassèrent et serrèrent la main de Tulip.

« Ils arriveront ce soir à la maison, annonça gaiement Lola.

— Ils ne pensent jamais à nous dire si c'est pour dîner ou juste après, enchaîna Do sur le même ton.

— Maintenant, il va falloir s'occuper du dîner », déclara Tony.

Lui aussi était excité.

Je répondis « parfait », ce qui était sincère de ma part car je n'avais pas vu les parents Irongate depuis ma sortie de prison : ils m'avaient simplement envoyé un mot pour me préciser que la maison et tout l'argent dont je pourrais avoir besoin étaient à ma disposition et qu'ils rentreraient de Floride dès que Gus aurait terminé là-bas son travail en peinture. Le regard de Tulip accrocha le mien pour me demander en silence s'il n'était pas de trop. J'amorçai un signe de tête négatif, puis me ravisai : pourquoi lui laisserais-je entendre que je désirais le voir rester ? – et je haussai les épaules.

Lola s'assit sur l'appontement à côté de moi.

« On vous dérange, peut-être ? »

Elle portait un pantalon de ski bleu marine et une courte veste écarlate.

« Non », répondis-je.

Tulip, qui s'était rassis, dit à son tour :

« Je crois que Pop était en train de raconter l'histoire de sa vie ; je ne sais pas trop.

— Pop ? fit Do. (Puis, se tournant vers moi.) Oh ! C'est toi. (Et elle se mit à rire. Elle avait des lèvres bien dessinées qui lui faisaient un joli sourire.) C'est drôle, ça », dit-elle à Tulip.

Lola s'appuya contre moi et déclara :

« Je veux entendre l'histoire de ta vie, Pop.

— Ce n'est pas moi qui te la raconterai, mon chou.

— Tu appelles tout le monde mon chou.

— Avant, j'appelais les gens “chéri”, mais maintenant il me semble que “mon chou” est plus raffiné.

— On vous a interrompus, n'est-ce pas ? dit Do. (Debout, immobile, dans son long manteau marron de deux tailles trop grand pour elle, Do semblait plus élancée et plus maigre qu'elle n'était en réalité.) N'est-ce pas, Tony ? » insista-t-elle.

Son frère, après m'avoir jeté un coup d'œil, répondit :

« Ma foi, oui.

— Mais non, vous ne dérangez personne, déclara Tulip. Si Pop veut continuer à parler, personne ne l'en empêche. S'il ne veut pas, il prétendra que vous l'avez interrompu. Asseyez-vous et laissez-lui le soin d'en décider. »

Do s'assit.

« Tu en étais arrivé au point où tu t'ennuyais et où il pleuvait, déclara Tony.

— Oh ! La pluie n'avait pas beaucoup d'importance. Ce n'était pas ce genre de pluie-là. Et je ne crois pas que l'ennui en avait beaucoup plus. Aucun de nous n'avait quitté l'armée depuis bien longtemps et nous devions être habitués à tout ça. Je parle, expliquai-je à Lola et à Do, d'un hôpital pour tuberculeux près de Tacoma, juste après la Première Guerre mondiale. La dernière fois que j'ai vu danser la Pavlova, c'était à cette époque-là, à Tacoma, bien que cela n'ait aucun rapport avec le reste. Pour ce qui est de l'ennui, je ne suis même pas sûr de bien m'en souvenir. Je sais peut-être simplement que nous devions, en effet, nous ennuyer et je ne sais plus qui avait raconté aux habitants de Tacoma qu'ils nous négligeaient et, pendant deux ou trois dimanches de suite, nous avons reçu des visites. Les histoires d'atrocités étaient très populaires alors, tout particulièrement celles qui relataient des langues de soldats coupées, et nous avions réussi à persuader les infirmiers de s'asseoir dans des fauteuils roulants et de nous laisser les pousser devant des visiteurs crédules pour leur donner la chair de poule – ou les ravir, ce qui souvent revenait au même – avec les plus fantastiques récits d'horreur que nous pouvions imaginer.

» Un ancien marine, du nom de Bizzarri, et moi étions devenus assez bons amis. Il existe un gag qui, Dieu sait depuis combien d'années, ou de décennies ou de siècles, n'a cessé de faire la joie des chantiers d'abattage de bois ou de construction – tous ces lieux où les hommes sont astreints à travailler et à vivre ensemble jusqu'à s'en dégoûter. Il est basé sur l'animosité croissante et feinte de deux hommes qui, parvenus au paroxysme de la rage et sur le point de se battre, soit à coups de poing, soit au pistolet, soit au couteau selon le lieu, éclatent de rire au nez du public rassemblé, et, au lieu de s'entre-tuer, s'en vont bras dessus, bras dessous. Enfin voilà, ce Bizzarri et moi avions mis au point un de ces numéros, le préparant avec soin jusqu'à ce que la presque totalité de l'hôpital divisé en deux clans, ayant pris le parti de l'un ou de l'autre, s'intéressât à cette querelle qui opposait deux amis jusque-là inséparables. Et, une fois dehors pour notre exhibition de violence, nous échangeâmes quelques petits coups à la limite du chiqué, mais nous étions tous deux trop intelligents pour oublier le but de la mystification en nous cognant avec une conviction excessive, aussi on s'arrêta à temps pour nous esclaffer. Pourtant, nous ne fumes plus jamais très bons amis par la suite.

» Un Philippin, dont j'ai oublié le nom, s'entraînait à devenir tricheur professionnel – il semble que, dans la vie civile, il avait perdu son salaire chaque samedi soir dans un tripot chinois – et il possédait un jeu de cartes marquées avec lesquelles nous l'admettions à notre table de poker de temps à autre, puisque la plupart d'entre nous connaissaient ces marques mieux que lui. Il y eut un jour une bagarre – les joueurs qui trichent doivent se montrer particulièrement chatouilleux sur les questions d'honneur – et son adversaire dut attendre que le Philippin allât chercher dans sa chambre une paire de gants de chevreau, pour protéger ses jointures j'imagine, puisqu'ils n'étaient ni lestés ni rembourrés, que leurs coutures étaient inexistantes et qu'ils semblaient trop étroits pour lui permettre de serrer correctement le poing. Nous adorions ce genre de trucs, je suppose donc que nous devions beaucoup nous ennuyer. »

Je commençais à flotter un peu dans mon récit. En parlant à travers Tony, je simplifiais les choses en ce qui me concernait, comme Tulip sans doute ne l'ignorait pas, mais je n'avais pas réussi à trouver la clé de cette nouvelle combinaison. Je ne veux pas dire que Do et Lola risquaient de constituer un public hostile, bien au contraire. Elles m'aimaient bien et mon séjour en prison m'avait même conféré un certain prestige, mais, ce dont je parlais – ou dont j'essayais de parler – n'avait rien à voir avec cette question. Un meilleur conteur aurait continué sans doute comme auparavant, sans tenir compte de leur présence, mais il me fallait trouver, ou du moins je le pensais, un moyen quelconque de les incorporer à mon histoire. J'aurais pu couper court bien entendu, et attendre pour poursuivre d'avoir de nouveau Tony et Tulip pour seul auditoire, mais il faut croire que j'avais envie de parler. Je continuai donc, faisant de mon mieux pour les associer à mon récit, tout en le développant.

« Le gouvernement avait donc ouvert ou réouvert un hôpital près de San Diego – le vieil hôpital militaire de ce qui avait été autrefois Camp Kearney – et quatorze d'entre nous y furent transférés, essentiellement les indésirables trop remuants, je le reconnais. Nous avions fait le voyage en wagon-lit privé, ramassant quelques candidats supplémentaires à Portland. Parmi nous se trouvait un couple – ils se disaient ou se pensaient drogués – un unijambiste du nom d'Austen – on le jugeait atteint d'une lésion tuberculeuse des os et on ne cessait de lui raboter la jambe morceau par morceau – et un rouquin laid dénommé Quade, atteint d'une tuberculose intestinale. Whitey et moi étions fauchés mais, entre autres maladies, il avait en plus je ne sais quoi de détraqué aux reins et le docteur de Tacoma lui avait donné une espèce de poudre blanche à avaler, contenue dans des paquets pliés exactement comme pour de la drogue. On les refourgua à Austen et à Quade tout au long du trajet, et, à force de la renifler, ils prirent, ou crurent prendre, leur pied jusqu'à San Diego.

» À l'hôpital de Camp Kearney, nous tombâmes sur notre ennemi numéro un : le règlement. Arrivés tard dans la soirée, nous fûmes réveillés à une heure indue par un infirmier de nuit qui prétendait exiger des échantillons d'urine avant de quitter son travail. Ce fut naturellement très simple : on lui indiqua où il pouvait aller chercher ses échantillons d'urine et on se remit à dormir et il repartit de l'hôpital bredouille. Là-dessus, on découvrit que non seulement il nous faudrait des laissez-passer pour quitter l'hôpital – Tijuana, qui s'offrait à nous juste de l'autre côté de la frontière, avait constitué un motif essentiel de la bonne volonté que nous avions mise à nous laisser transférer : Agua Caliente n'avait pas encore été ouvert – mais ils n'étaient accordés qu'au compte-gouttes et, par-dessus le marché, il nous était imposé, en tant que nouveaux venus, deux semaines de quarantaine avant d'avoir droit à quoi que ce soit, y compris la permission de circuler dans l'hôpital. On se révolta donc joyeusement et on annonça qu'on quittait l'hôpital pour

San Diego. La direction nous convoqua, ramena la période de quarantaine à dix jours, si je m'en souviens bien, mais ne voulut pas en démordre concernant les autres points du règlement. On sortit donc de l'établissement pour tenir notre propre conférence, la plupart d'entre nous envisageant allègrement de se retrouver à San Diego et Tijuana, avec la Croix-Rouge locale pour nous renflouer si nous étions à sec. Là-dessus passa devant nous le long du trottoir une des employées civiles de l'hôpital, une petite mignonne en chemisier rayé et jupe sombre avec de jolies jambes gainées de soie. L'un de ses bas était filé, et notre révolte s'évanouit en fumée. Nous décidâmes qu'après tout l'hôpital n'était peut-être pas aussi désagréable… et que nous pourrions toujours le quitter si nous en avions envie… Nous envoyâmes Whitey, qui était devenu notre porte-parole, annoncer à l'officier commandant en chef que nous ne partions plus. (Aucun de nous n'obtint le moindre résultat auprès de la petite mignonne. Je crois d'ailleurs que personne ne tenta sa chance avec conviction.) L'un d'entre nous – je ne sais plus lequel – en était arrivé à se persuader sincèrement qu'il existait certains principes à la base de notre révolte et il disparut, direction San Diego. Les autres se résignèrent à se plier à la nouvelle routine d'un nouvel hôpital. Whitey ne resta pas longtemps parmi nous ; au bout de quelques semaines, lui et un autre gars rentrèrent de la ville passablement éméchés et il assomma un docteur

– je crois bien que c'était parce que le docteur en question avait fait au compagnon de Whitey une piqûre d'apomorphine pour le dégriser – et fut mis à la porte. Nous envisageâmes de partir avec lui, mais rien de concluant ne sortit de nos discussions et il s'en alla tout seul.

» L'hôpital était situé en bordure d'un désert. Nous pouvions donc y trouver des lézards à cornes à apprivoiser ou organiser des combats entre crotales et monstres de Gila dans un wagon vide sur une voie ferrée désaffectée à proximité – les monstres de Gila gagnaient invariablement – mais les gogos commençaient presque toujours par miser sur les serpents, et quand il ne resta plus de partisans des serpents à sonnette à plumer, nous cessâmes de présenter l'attraction. Il nous restait Tijuana où nous pouvions nous pointer tous les quinze jours. Je n'ai guère de souvenirs de San Diego, sinon que la ville offrait un coup d'œil agréable depuis la route qui descendait de la colline, entre les maisons de stuc rose et bleu pâle, l'U.S. Grant Hotel et les boutiques spécialisées dans la vente de fortifiants où, en ces années de prohibition, on achetait et buvait une gamme illimitée de remèdes d'une haute teneur en alcool. Je suppose que je consacrais beaucoup de temps à la lecture à l'hôpital, mais je ne me souviens pas d'un seul des livres que j'y ai lus. Je sais que j'eus de bons moments à Camp Kearney, mais quand la saison des courses fut close à Tijuana – en mai, je crois – je demandai à être renvoyé dans mes foyers et obtins satisfaction sur ce point. Ils ne pouvaient pas me déclarer définitivement guéri – je ne vins à bout de ma tuberculose que cinq ou six ans plus tard – aussi inscrivirent-ils “maximum d’amélioration atteint” puis me laissèrent partir. »

Comme je m’étais arrêté de parler pour allumer une cigarette, Lola demanda :

« Et où est-ce que tu as été ?

— Chut… murmura Tony.

— Je suis revenu à Spokane parce qu’on m’avait donné un billet de chemin de fer pour Spokane et que je voulais y voir quelques personnes, puis, de là, je suis allé passer une semaine ou deux à Seattle – c’était une ville très bruyante mais elle me plaisait – puis je suis descendu à San Francisco avec l’intention d’y rester deux mois avant de rentrer à Baltimore. Mais je suis resté à San Francisco sept ou huit ans et jamais je ne suis retourné à Baltimore, sauf pour de brèves visites. Mais là où je veux en venir (je m’adressais de nouveau à Tony et à Tulip), c’est que, de tout cela, je n’ai retiré que l’histoire assez courte et plutôt banale d’un tubard anodin allant faire une virée tranquille à Tijuana. Et j’avais là plus de matière pour un récit qu’avec la guerre et la prison. (Je m’étais tourné vers Tulip.) Toi, tu ne peux m’apporter que ce genre de camelote : d’une façon ou d’une autre, toute ta foutue existence s’est jouée sur un registre, ce qui est peut-être tout ce qu’il y a de bien mais ça ne me concerne pas. Je ne sais pas quoi en faire.

— À vrai dire, répliqua Tulip, je n'ai jamais été tubard. Et les trois types dont je me souviens qui s'appelaient Whitey étaient différents du tien, bien qu'il s'en soit trouvé un qui dirigeait une équipe de base-ball semi-professionnelle où je jouais troisième base pendant un été et qui nous a arnaqués. Mais je vois bien pourquoi aucune des aventures qui te sont arrivées ne vaut la peine. Elles ne survenaient pas au bon type. Tu te crois obligé de penser que tout passe par l'esprit et naturellement les choses deviennent sinistres quand tu n'arrêtes pas de les remuer en coupant les cheveux en quatre. »

Il regarda Tony :

« C'est pas vrai, gamin ? »

Tony leva les yeux vers Tulip, puis sur moi, et ne répondit pas.

« Toi et tes émotions infantiles qui ne supportent pas le poids de la logique, rétorquai-je d'une façon un peu didactique car je commençais à être fatigué de ses accusations. Aucun sentiment ne peut être vraiment fort s'il faut le tenir à l'abri de la raison. C'est comme ces ivrognes qui cognent leur femme et pleurent sur un oiseau blessé.

— Et alors, ce Whitey qui dirigeait l'équipe de base-ball ? » s'enquit Lola.

Tony lui fit signe encore une fois de se taire.

« Je ne sais pas toujours de quoi tu parles, Pop, dit Tulip, mais ne pourrais-tu pas écrire les choses comme elles arrivent et laisser ton lecteur en retirer ce qui lui chante ?

— D'accord, c'est une façon d'écrire et si tu veilles bien à ne pas t'engager toi-même, tu peux arriver à persuader différents lecteurs de trouver toutes sortes de significations différentes à ce que tu as écrit, puisque, en fin de compte, tout peut être symbolique de tout, et j'ai d'ailleurs lu quantité de textes de ce genre qui m'ont plu, mais ce n'est pas là ma façon d'écrire et il est inutile que j'essaie de faire semblant.

— Tu veux toujours trop finasser, répondit Tulip. Je n'ai pas dit que tu devrais laisser ton lecteur en faire des tonnes à ton sujet, bien que je ne voie pas d'objection à lui laisser faire ton travail s'il en a envie, mais…

— Il n'y a pas assez d'amateurs pour que ce soit rentable, quoique d'un autre côté tu puisses espérer de bonnes critiques.

— L'argent, l'argent », reprit Tulip, ce qui aurait été comique de sa part, sauf que nous étions en train de discuter et que, dans la discussion, on est enclin à avancer des arguments qui nous aident à emporter le morceau.

« Bien sûr, l'argent, rétorquai-je, quand tu écris, tu vises la gloire, la fortune, autant qu'une satisfaction personnelle. On veut écrire ce qu'on a envie d'écrire et avoir l'impression que c'est bien de vendre des millions d'exemplaires, et avoir l'approbation de tous ceux dont l'avis compte pour vous, et on veut que ça dure pendant des centaines d'années. Il est peu probable qu'on atteigne tous ces buts mais il est également peu probable qu'on renonce à écrire ou qu'on se suicide si on n'y arrive pas, mais cela est et doit être le but. Vouloir moins serait trivial. »

Do, qui se préparait sérieusement à devenir une femme, pensait que les femmes doivent s'efforcer d'empêcher les hommes de se disputer.

« J'ai dit à Donald que nous déjeunerions tôt. Vous êtes d'accord ? dit-elle, tandis que Tony la regardait en fronçant les sourcils.

— D'accord pour moi, répondis-je, et je jetai un coup d'œil à ma montre. Onze heures cinquante-quatre. Tu veux qu'on rentre à la maison tout de suite ?

— Pop, poursuivit Tulip, tandis que nous revenions, est-ce que je t'ai déjà dit que sur certains points, je n'ai absolument pas la même vision que toi ? »

Les chiens avaient disparu dans les bois au-delà de l'étang. Nous reprîmes le sentier, Tulip et Do marchaient devant, Lola, Tony et moi les suivions, tous les trois de front. Une fois dépassée la vieille construction de pierre qui abritait la pompe et depuis transformée en fumoir à gibier, nous traversâmes les prés en direction de la maison.

« Tu n'as pas fini l'histoire que tu voulais raconter, dit Tony.

— Non, je ne suis pas sûr de pouvoir y arriver. Je crois que je me suis moi-même égaré sur la mauvaise route. En gros, il y a deux façons de penser en ce bas monde : soit on essaie de marquer des points, d'avoir le dessus dans une discussion, soit on essaie de trouver la réponse à certaines questions. Nous referons une tentative une autre fois.

— Est-ce que je peux écouter ? demanda Lola.

— Bien sûr », répondis-je, tandis que Tony me décochait un vrai sourire car il ne croyait pas que je parlais sérieusement.

Je me mis alors à penser à ma toute première rencontre avec Tulip dans la maison de Mary Mawhorter, à Baltimore, en 1930. Je m'étais arrêté une semaine à Baltimore après avoir quitté New York pour me rendre à Hollywood où m'attendait mon premier contrat – mon père était encore en vie et ma sœur habitait également Baltimore – et j'étais allé naturellement rendre visite à Mary qui était devenue pédiatre, et Tulip faisait partie de ses invités le soir où j'avais débarqué chez elle. Il dirigeait, je crois, une équipe de dockers noirs sur les quais de Sparrows Point appartenant aux chemins de fer, la Pennsylvania Railroad. Si je ne me trompe pas, il avait occupé le poste de troisième base dans une équipe de ligue mineure des Yankees, mais il avait laissé tomber parce qu'il n'y avait pas d'avenir dans cette branche d'activité tant que Red Rolfe resterait en place. Toutefois, Red Rolfe ne rejoignit les Yankees que bien plus tard et il devait encore jouer arrêt-court à l'université de Dartmouth à l'époque où je rencontrai Tulip pour la première fois. C'est sans doute pour ça que je confondis Tulip avec un sergent de l'armée rencontré au champ de tir de

Sea Girt en 1942. Je buvais beaucoup à l'époque, en partie parce que j'étais toujours très troublé par le fait que les sentiments et les paroles des gens n'avaient guère de rapport avec leurs actes, et nombre de mes souvenirs en sont restés assez brumeux. Cependant, le modèle Red Rolfe correspond à Tulip, même si les dates ne collent pas.

Il avait un faible pour Mary – c'était une grande brune à la peau blanche, très séduisante et gentille – mais, par pure vanité de mâle ou à cause de son caractère, il avait choisi d'emprunter des voies difficiles pour s'en rapprocher et ne progressait guère. C'était une fille enjouée qui prenait son travail très au sérieux, contrairement à lui. Il prétendait avoir besoin d'un examen et voulait s'adresser à elle en tant que patient, et elle lui répondit qu'elle ne soignait pas les adultes et que, de toute façon, il voulait simplement « jouer au docteur » avec elle, ce qui était puéril et c'était là le thème central de leurs joyeuses querelles. Elle me parla longuement de lui quand je revins lui rendre visite plus tard, après le départ des autres. Elle bavardait toujours beaucoup et n'utilisait jamais un mot de trois syllabes si elle pouvait le remplacer par un de quatre – ce jargon professionnel est courant dans la bouche des médecins et de tous ceux qui s'imaginent qu'il y a quelque chose d'ésotérique dans leur branche d'activité – mais elle était charmante et ne se formalisait pas si l'on se contentait de rester en face d'elle à fumer une cigarette en émettant de temps à autre des grognements approbateurs, tout en la laissant babiller. C'était une fille délicieuse. Elle semblait apprécier Tulip.

Il approchait alors de la trentaine – il avait à peine deux ou trois ans de plus que Mary – et il estimait déjà que sa vie avait été intéressante et qu'un écrivain devrait bien s'en inspirer. Je n'y voyais pas trop à redire car j'écrivais déjà depuis huit ans et m'étais habitué à ce que les gens me racontent des histoires ou m'exposent des intrigues que je feignais d'écouter poliment, tout en pensant à autre chose, mais je suppose que j'étais encore assez agacé par cette conception si répandue selon laquelle tout écrivain doit être une espèce de gratte-papier assis derrière un bureau à faire des écritures. Il me semblait que ce jeune costaud mettait un peu trop les pieds dans le plat si bien que nous ne nous entendions qu'à moitié. Ce n'était pas tant que je fusse d'humeur querelleuse quand j'avais bu, mais plutôt que j'oubliais de ne pas l'être. Je ne sais pas s'il était ivre, lui aussi ; il faut que les gens soient vraiment très saouls pour que je m'en rende compte, même maintenant que j'ai cessé de boire.

Même si cela s'est déroulé il y a longtemps et si j'ignore jusqu'à quel point j'ai pu modifier les choses pour m'attribuer le beau rôle ou pour apporter de l'eau à mon moulin, tels sont mes souvenirs de la partie la plus significative de ce qui fut fait et dit cette nuit-là : une dizaine de personnes à peu près se trouvait rassemblée là et, après les courbettes, Mary me laissa dans un coin avec Tulip, tandis qu'elle allait nous chercher à boire.

« Vous êtes d'ici, c'est ça ? me demanda Tulip.

— Oui. J'ai grandi là après un séjour à Philadelphie bien que je sois né dans la partie sud de l'État.

— Et vous êtes resté absent longtemps ?

— Dix ou onze ans, je crois…

— Cette ville va vous paraître lugubre maintenant.

— Elle l'était déjà.

— Mais elle est encore plus laide aujourd'hui.

— Quelle ville ne l'est pas ?

— Mais ce n'est pas de ça que je voulais vous entretenir. »

Ainsi j'en conclus qu'il voulait aborder avec moi un sujet précis.

Mary revint alors avec nos verres, escortée d'une petite aux yeux noisette de Catonsville qui me déclara qu'elle voulait que j'aille rendre visite à l'une de ses amies de Pasadena, mais continua à discuter en s'adressant à Tulip. Finalement, elle s'en alla.

« Écoutez, me dit-il, vous écrivez, moi pas. Mais vous n'êtes pas loin de représenter mon type préféré d'écrivain et j'aimerais vous parler. »

C'était très bien jusque-là. Tulip me plaisait et il me plaît toujours, quoique peut-être pas autant qu'il se l'imagine.

« J'ai roulé ma bosse bien plus que vous, déclara-t-il, et je vois des tas de choses. »

Et voilà, ça n'allait plus. Tout d'abord, je ne pensais pas qu'il ait roulé sa bosse tellement plus que moi, et ensuite, même à l'époque, j'estimais que ça n'était pas une réponse, à moins que l'on ne voulût recopier des horaires de chemin de fer en se basant sur son expérience personnelle. Tout individu dispose de vingt-quatre heures par jour, pas plus et rarement moins, et quelle que soit sa façon de passer le temps, elle me semble aussi prenante qu'une autre, compte tenu, bien entendu, du caractère de chacun. Si bien que je lui répondis : « Ah ! oui ? » et me mis à regarder ailleurs.

« Écoutez, insista-t-il, je n'insinue pas que vous connaissez juste les bibliothèques et les universités. Je ne vous aurais pas choisi si vous étiez ce genre d'écrivain. Mais j'ai plein de trucs là-dedans. »

Et il se mit à se frapper la poitrine à coups de poing.

À mon tour, je me cognai la tête :

« Alors trouvez-vous un écrivain qui a plein de trucs là-dedans, le conseillai-je, et vous formerez le couple idéal.

— Ah ! Je vous en prie », protesta-t-il, vexé.

Et Mary, qui pouvait voir que nous ne nous entendions pas très bien, s'approcha, précisément pour voir comment nous nous entendions.

« Il est plutôt irritable, ton ami, lui dit-il.

— Ton ami, à toi, il est plutôt irritant », lui dis-je à mon tour.

Mary éclata de rire et enroula un long bras blanc sur l'épaule de chacun.

« Si vous me racontiez ça ?

— Non », répondis-je.

Et Tulip dit « Non » à son tour, puis, s'adressant à moi :

« Permettez-moi de vous donner un exemple pour vous expliquer une de ces choses afin que vous puissiez comprendre ce que je vais dire.

— Si ce n'est pas trop horrible, laisse-le donc dire », intervint Mary, et je sus qu'elle devait être sérieusement préoccupée car elle n'avait utilisé aucun mot de plus de deux syllabes et un seul de trois, et ce n'était pas du tout ainsi qu'elle parlait d'habitude. « Tenez, continua-t-elle, je vais aller vous chercher à boire », et elle nous prit nos verres des mains et s'en alla.

« Bon, très bien, allez-y », lui dis-je et il se lança dans la première de ces innombrables histoires qu'il devait me raconter ou tenter de me raconter à partir de ce jour-là.

Celle-ci concernait de pauvres gens de Providence qui semblaient accueillir tout ce qui leur arrivait à eux et à leur entourage avec des réactions idoines – et il leur en arrivait, des choses ! – mais ils persistaient à éprouver les sentiments les plus conventionnels, si bien que leurs aventures perdaient tout sens pour moi. Mary revint avec nos verres et s'immobilisa pour écouter les deux derniers tiers de l'histoire. Tulip se tut après avoir terminé et elle l'imita.

« Ce n'est pas mal, dis-je, mais est-ce que ça n'est pas un peu littéraire ? »

Le visage de Tulip s'empourpra légèrement, me sembla-t-il, sous le hâle que lui avait valu son travail sur les quais, et il reprit :

« Il se peut que j'aie enjolivé les choses ; peut-être un peu trop. (Et comme je ne disais rien, il enchaîna :) « Mais c'est vraiment arrivé, croyez-moi. (Et, comme je restais plongé dans le même mutisme :) Est-ce que je sais, moi, jusqu'à quel point on peut arranger ce qu'on raconte ? »

Mary se tourna vers moi :

« Il n'est pas nécessaire de se montrer aussi insupportable », dit-elle, ce qui correspondait beaucoup plus à son débit naturel, et j'eus l'impression qu'elle avait tenu à ce que j'écoute Tulip mais sans se soucier au fond de l'opinion que je pourrais me faire de lui.

« Et qu'est-ce que vous voulez ? » leur demandai-je.

Mary se mit à rire et répondit : « Tu sais ce que je veux. Donne-le », tandis que Tulip me considérait, sourcils froncés, et ramenait ses cheveux en arrière d'une main aux doigts épais.

« Combien de temps allez-vous rester en ville ? demanda-t-il.

— Trois ou quatre jours. Peut-être même un jour ou deux de plus, bien que je sois pressé d'aller voir mes gosses à Santa Monica.

— Vous en avez combien ? s'enquit-il.

— Deux, un garçon de huit ans et une fille qui

doit en avoir quatre maintenant. Beaucoup de gens s'arrêtent quand ils en ont un de chaque sexe. »

La fille de Catonsville réapparut.

« Vous êtes tellement gentils, tous les deux. Quand je pense que vous avez passé toute la soirée cachés dans ce coin à bavarder ensemble ! »

Elle s'était adressée à moi, et surtout à Tulip, aussi la lui abandonnai-je pour m'éloigner en compagnie de Mary.

Tulip me rappela :

« Je peux vous joindre par l'intermédiaire du docteur, hein ? »

Mary et moi acquiesçâmes et je lui glissai :

« Qu'est-ce qui le travaille, ce type-là ? »

Elle secoua la tête.

« Il est difficile d'imaginer que quelque chose puisse le travailler. D'après moi, ce qui l'arrête, c'est une sorte de souci de conformité. Il consacre une attention considérable aux différentes théories selon lesquelles une succession – quoique pas nécessairement chronologique – d'événements, si dissemblables qu'ils puissent paraître, confère à l'existence ou à toute existence si tu veux, y compris probablement la sienne avant tout, une certaine forme, ou peut-être *la* forme, mais rien ne le travaille à proprement parler.

— Oh ! fis-je, et il veut que je fasse le tri des perles et que je les lui monte en collier ?

— Toi ou quelqu'un d'autre.

— Qu'est-ce qu'il croit que les gens essaient de faire de leur propre vie ?

— Tu n'es sûrement pas assez naïf pour t'attendre à ce que les gens aient une idée quelconque de ce qui occupe les autres, ni même de soupçonner ces autres de se poser les moindres problèmes intérieurs », dit-elle.

Elle était plutôt jolie et j'avais assez bu pour me persuader qu'elle m'avait tenu un discours sensé, aussi changeai-je de sujet et nous nous mîmes à parler de nous, et ce fut bien agréable, puis d'autres personnes se joignirent à nous, ou nous nous joignîmes à elles, et ce fut également très agréable. Tout était agréable, à cette époque-là.

Plus tard, Tulip me retrouva dans une sorte de petit salon, au fond du premier étage – Mary possédait une maison de deux étages à proximité de Cathedral Street –, en compagnie d'une fille vaguement blonde du nom de Mrs Hatcher ou quelque chose dans le genre, et après son départ, Tulip me dit :

« Je voulais vous parler mais je n'avais pas l'intention de vous contrarier.

— À vrai dire, répondis-je, je ne sais pas du tout si vous m'avez contrarié ou non.

— Oh ! Alors, dans ce cas, ça va », dit-il.

Il s'assit, esquissa un geste pour m'offrir une cigarette, vit que j'en avais déjà une ; je pris le verre de la blonde, le remplis et le lui tendis. On était en pleine prohibition, bien entendu, et Baltimore semblait ingurgiter plus de scotch et moins de whisky de seigle que dans mon souvenir.

« Alors, on n'est pas fait pour s'entendre, c'est

ça ? dit-il après avoir bu une gorgée. C'est malheureux parce qu'à mon avis nous pourrions nous apporter beaucoup l'un à l'autre. »

Je dus avoir un haussement d'épaules – j'ai toujours aimé hausser les épaules – et déclarai qu'un des avantages d'être un homme était que l'humanité pouvait survivre à tout.

« D'accord, d'accord, dit-il, je ne dis pas que c'est important, je dis simplement que c'est malheureux, mais un petit malheur comme de n'avoir qu'une paire de souliers marron à porter avec des pantalons bleus. »

Je ne le crus pas – ou ne le crois plus aujourd'hui, et c'est aujourd'hui que j'essaie de me souvenir de ce qui se passa à l'époque –, aussi restai-je silencieux, mis à part les bruits que je pouvais faire en respirant ou en fumant. Je ne veux pas dire que je ne croyais pas ce qu'il me disait, mais je ne le croyais pas sincère et, même à cette époque lointaine, lors de notre première rencontre, aussi imbibé d'alcool que je l'étais, je songeai avec quelque appréhension qu'il représentait peut-être un aspect de moi-même. Qu'il fût un aspect de moi-même ne soulevait aucune objection puisque chacun correspond à quelque degré à un autre, sinon comment quiconque pourrait-il espérer comprendre quoi que ce soit à son voisin ? Mais ces correspondances m'apparaissaient – ou du moins m'apparaissent maintenant (et je suppose que déjà cette opinion s'était fait jour en moi à l'époque) – comme des expédients conçus par des esprits vieux et fatigués, ou trop vieux et trop fatigués pour lutter encore. Comme une symbolique consciente ou des gravures. Si tu es fatigué, il faudrait te reposer, et ne pas essayer de leurrer ni tes lecteurs ni toi, par la même occasion, avec des bulles de couleur.

Tulip *ne fut jamais terminé et le manuscrit s'achève ici. Mais Hammett, de toute évidence, avait écrit la conclusion de son livre et la voici.* (Lillian Hellman.)

Deux ou trois mois plus tard, j'appris que Tulip se trouvait dans un hôpital de Minneapolis où on l'avait amputé d'une jambe. J'allai lui rendre visite et lui montrai ce manuscrit :

« Ce n'est pas mal, on dirait, dit-il après l'avoir lu, mais j'ai l'impression que tu es passé à côté du sujet. »

Les gens sont presque toujours de cet avis.

« Mais je le relirai si tu le veux, ajouta-t-il. Je l'ai parcouru un peu vite la première fois, mais je le relirai aussi soigneusement que possible, si tu le souhaites. »

COLLECTION FOLIO 2 €

Dernières parutions

5901. François Poullain de La Barre — *De l'égalité des deux sexes*
5902. Junichirô Tanizaki — *Le pied de Fumiko* précédé de *La complainte de la sirène*
5903. Ferdinand von Schirach — *Le hérisson* et autres nouvelles
5904. Oscar Wilde — *Le millionnaire modèle* et autres contes
5905. Stefan Zweig — *Découverte inopinée d'un vrai métier* suivi de *La vieille dette*
5935. Chimamanda Ngozi Adichie — *Nous sommes tous des féministes* suivi des *Marieuses*
5973. Collectif — *Pourquoi l'eau de mer est salée* et autres contes de Corée
5974. Honoré de Balzac — *Voyage de Paris à Java* suivi d'*Un drame au bord de la mer*
5975. Collectif — *Des mots et des lettres. Énigmes et jeux littéraires*
5976. Joseph Kessel — *Le paradis du Kilimandjaro* et autres reportages
5977. Jack London — *Une odyssée du Grand Nord* précédé du *Silence blanc*
5992. Pef — *Petit éloge de la lecture*
5994. Thierry Bourcy — *Petit éloge du petit déjeuner*
5995. Italo Calvino — *L'oncle aquatique* et autres récits cosmicomics
5996. Gérard de Nerval — *Le harem* suivi d'*Histoire du calife Hakem*
5997. Georges Simenon — *L'Étoile du Nord* et autres enquêtes de Maigret
5998. William Styron — *Marriott le marine*

5999. Anton Tchékhov	*Les groseilliers* et autres nouvelles
6001. P'ou Song-ling	*La femme à la veste verte. Contes extraordinaires du Pavillon du Loisir*
6002. H. G. Wells	*Le cambriolage d'Hammerpond Park* et autres nouvelles extravagantes
6042. Collectif	*Joyeux Noël ! Histoires à lire au pied du sapin*
6083. Anonyme	*Saga de Hávardr de l'Ísafjördr. Saga islandaise*
6084. René Barjavel	*Les enfants de l'ombre* et autres nouvelles
6085. Tonino Benacquista	*L'aboyeur* précédé de *L'origine des fonds*
6086. Karen Blixen	*Histoire du petit mousse* et autres contes d'hiver
6087. Truman Capote	*La guitare de diamants* et autres nouvelles
6088. Collectif	*L'art d'aimer. Les plus belles nuits d'amour de la littérature*
6089. Jean-Philippe Jaworski	*Comment Blandin fut perdu* précédé de *Montefellóne. Deux récits du Vieux Royaume*
6090. D.A.F. de Sade	*L'Heureuse Feinte* et autres contes étranges
6091. Voltaire	*Le taureau blanc* et autres contes
6111. Mary Wollstonecraft	*Défense des droits des femmes* (extraits)
6159. Collectif	*Les mots pour le lire. Jeux littéraires*
6160. Théophile Gautier	*La Mille et Deuxième Nuit* et autres contes
6161. Roald Dahl	*À moi la vengeance S.A.R.L.* suivi de *Madame Bixby et le manteau du Colonel*
6162. Scholastique Mukasonga	*La vache du roi Musinga* et autres nouvelles rwandaises
6163. Mark Twain	*À quoi rêvent les garçons. Un apprenti pilote sur le Mississippi*
6178. Oscar Wilde	*Le Pêcheur et son Âme* et autres contes

6179. Nathacha Appanah	*Petit éloge des fantômes*
6180. Arthur Conan Doyle	*La maison vide* précédé du *Dernier problème. Deux aventures de Sherlock Holmes*
6181. Sylvain Tesson	*Le téléphérique* et autres nouvelles
6182. Léon Tolstoï	*Le cheval* suivi d'*Albert*
6183. Voisenon	*Le sultan Misapouf et la princesse Grisemine*
6184. Stefan Zweig	*Était-ce lui ?* précédé d'*Un homme qu'on n'oublie pas*
6210. Collectif	*Paris sera toujours une fête. Les plus grands auteurs célèbrent notre capitale*
6211. André Malraux	*Malraux face aux jeunes. Mai 68, avant, après. Entretiens inédits*
6241. Anton Tchékhov	*Les méfaits du tabac* et autres pièces en un acte
6242. Marcel Proust	*Journées de lecture*
6243. Franz Kafka	*Le Verdict – À la colonie pénitentiaire*
6245. Joseph Conrad	*L'associé*
6246. Jules Barbey d'Aurevilly	*La Vengeance d'une femme* précédé du *Dessous de cartes d'une partie de whist*
6285. Jules Michelet	*Jeanne d'Arc*
6286. Collectif	*Les écrivains engagent le débat. De Mirabeau à Malraux, 12 discours d'hommes de lettres à l'Assemblée nationale*
6319. Emmanuel Bore	*Bécon-les-Bruyères* suivi du *Retour de l'enfant*
6320. Dashiell Hammett	*Tulip*
6321. Stendhal	*L'abbesse de Castro*
6322. Marie-Catherine Hecquet	*Histoire d'une jeune fille sauvage trouvée dans les bois à l'âge de dix ans*
6323. Gustave Flaubert	*Le Dictionnaire des idées reçues*
6324. Francis Scott Fitzgerald	*Le réconciliateur* suivi de *Gretchen au bois dormant*

Composition Nord Compo
Impression Novoprint
à Barcelone, le 06 avril 2017
Dépôt légal : avril 2017
ISBN 978-2-07-272683-5./Imprimé en Espagne.

316518